王家新

北島

歐陽江河

翟永明

楊煉

西川

芒克

駱一禾

[illegible]

梁小斌

朦胧诗选

新编

春风文艺出版社［选编］

北方联合出版传媒（集团）股份有限公司
春风文艺出版社
·沈阳·

图书在版编目（CIP）数据

朦胧诗选新编 / 春风文艺出版社选编 . —沈阳：春风文艺出版社，2020.11（2025.1 重印）
ISBN 978-7-5313-5868-8

Ⅰ . ①朦… Ⅱ . ①春… Ⅲ . ①朦胧诗—诗集—中国—当代 Ⅳ . ① I227.1

中国版本图书馆 CIP 数据核字（2020）第 189293 号

北方联合出版传媒（集团）股份有限公司
春风文艺出版社出版发行
沈阳市和平区十一纬路25号　邮编：110003
辽宁新华印务有限公司印刷

出 品 人：单瑛琪	责任编辑：韩　喆
装帧设计：留白文化	责任校对：于文慧
印制统筹：刘　成	幅面尺寸：145mm × 210mm
印　　张：11.5	字　　数：225 千字
版　　次：2020 年 11 月第 1 版	印　　次：2025 年 1 月第 6 次
书　　号：ISBN 978-7-5313-5868-8	
定　　价：49.90 元	

扫码听《朦胧诗选新编》全本音频　硬糖文化

编者的话

1985 年，春风文艺出版社推出了《朦胧诗选》，收录了当时享誉诗坛的代表作品。彼时朦胧诗群星璀璨，大部分诗人今天已成为中国当代诗坛的扛鼎人物。时值《朦胧诗选》出版 35 周年，我们重新选编相关诗歌，意将这部经典稀缺作品以新的面貌与意义呈现于大众的视野。

说《朦胧诗选》是一部影响中国人心灵的图书毫不为过，主持人白岩松曾在采访中谈道：“当我拉开 80 年代的书架，会把哪本书抽出来呢？我印象太深，那是 1986 年的一个春天，我刚刚走进大学校园半年，来到了北京王府井新华书店。当时王府井新华书店几乎是所有读书人的天堂，在那儿我找到一本春风文艺出版社出的朦胧诗选，当我打开书，扑面而来的是两句话：‘卑鄙是卑鄙者的通行证，高尚是高尚者的墓志铭。’当我读到了这两句诗以及书里那么多诗之后，才真正从草原上来的年轻人变成了北京人，从中学生变成了大学生，变成了开始思考中国各种问题的、有责任感的，并且开始拥有自己独立思维方式的中国人。”

35 年来，中国当代诗歌选本层出不穷，但少有哪部作品能如《朦胧诗选》般对几代人产生巨大的影响。35 年,《朦胧诗选》始终带着春风文艺与当代诗歌大家们的情缘深藏于世。今天感谢诗人们的信任，愿意与我们一起通过这部小书开启更大的未来，不仅是为了几代人的情怀牵挂，以及弥补数十年的版本缺失，更是为了重新梳理当代朦胧诗，以飨读者。

本次选本收录了 15 位蜚声当代诗坛的诗人共 150 篇作品，以作者出生时间为序排列，选取了作者不同时期的作品综合呈现。

由衷感谢出版社的前辈和主编们，他们的举动改变了无数人的轨迹，也印证了文学之于人的意义。同样感谢在本书编辑中给予我们帮助的诸多诗人前辈和老师，我们共同的目的，是能让更多的人，读到最好的诗。

35 年过去，诗歌始终保持着它的骄傲与包容，如谢冕先生在当年《朦胧诗选》序言中所写的：“在所有的文学艺术样式中，它最先、最丰富，也最全面地保留了时代和现实生活的情感的投影。”无论是朦胧诗经典，还是其后的诗人新作，在这些诗歌中，如果读者能读出作者创作时的心境，感受到诗歌的价值与分量，对作者、编者和读者本人来说，本书的意义就达成了。

目录

芒克

舒婷

杨炼

梁小斌

翟永明

顾城

张枣

西川

海子

食指

食指（1948— ），本名郭路生，祖籍山东鱼台，生于山东朝城。朦胧诗代表人物，1968年，写出代表作《相信未来》《这是四点零八分的北京》等。1969年，与21名北京知青落户杏花村插队。著有《相信未来》《食指黑大春现代抒情诗合集》《诗探索金库·食指卷》等。

命运

好的声望是永远找不开的钞票
坏的名誉是永远挣不脱的枷锁
如果事实上真是这样的话
我愿在单调的海洋上终生漂泊

哪儿找得到结实的舢板
我只有在街头四处流落
只希望敲到朋友的门前
能得到一点菲薄的施舍

我的一生是辗转飘零的枯叶
我的未来是抽不出锋芒的青稞
如果命运真是这样的话
我愿为野生的荆棘高歌

哪怕荆棘刺破我的心
火样的血浆火样地燃烧着

挣扎着爬进喧闹的江河——
人死了，精神永不沉默

羞怯的微笑是醉人不伤心的美酒
绯红的面庞是丰满无核心的苹果
如果维纳斯是这样的话
我至今还未感受到爱情的焦渴
有人说酒后异常地痛苦
有人说苹果有时也苦涩
朋友，我不知道，因为
至今我还没有亲自尝过

明朗的目光是笔直走不完的路程
深沉的眼睛是躲也躲不过的灾祸
如果你是这样选择爱人的话
爱情的小船将永远荡漾在秋波
哪个愿永远在动荡之中
是水手谁不想靠岸停泊
年轻的朋友，该静下心来
认真思考，仔细斟酌

1967 年

相信未来

当蜘蛛网无情地查封了我的炉台
当灰烬的余烟叹息着贫困的悲哀
我依然固执地铺平失望的灰烬
用美丽的雪花写下：相信未来

当我的紫葡萄化为深秋的泪水
当我的鲜花依偎在别人的情怀
我依然固执地用凝露的枯藤
在凄凉的大地上写下：相信未来

我要用手指那涌向天边的排浪
我要用手掌那托起太阳的大海
摇曳着曙光那温暖漂亮的笔杆
用孩子的笔体写下：相信未来

我之所以坚定地相信未来
是我相信未来人们的眼睛——

她有拨开历史风尘的睫毛
她有看透岁月篇章的瞳孔

不管人们对我们腐烂的皮肉
那些迷途的惆怅、失败的苦痛
是寄予感动的热泪、深切的同情
还是轻蔑的微笑、辛辣的嘲讽

我坚信人们对于我们的脊骨
那无数次的探索、迷途、失败和成功
一定会给予热情、客观、公正的评定
是的，我焦急地等待着人们的评定

朋友，坚定地相信未来吧
相信不屈不挠的努力
相信战胜死亡的年轻
相信未来，热爱生命

1968 年

灵魂之一

如果月光像伤透了心的白发
如果星辰像善良真挚的眼睛
那么这灵魂一定是黑夜的宠儿
一定是热烈地爱与恨的结晶

怀着苦思不解的沉重
奔向十字架神秘的阴影
但愿我能看到路口那盏
预示我生命终结的红灯

1968 年

热爱生命

也许我瘦弱的身躯像攀附的葛藤，
把握不住自己命运的前程，
那请在凄风苦雨中听我的声音，
仍在反复地低语：热爱生命。

也许经过人生激烈的搏斗后，
我死得比那湖水还要平静。
那请去墓地寻找我的碑文，
上面仍刻着：热爱生命。

我下决心：用痛苦来做砝码，
我有信心：以人生去做天平。
我要称出一个人生命的价值，
要后代以我为榜样：热爱生命。

的确，我十分珍爱属于我的
那条曲曲弯弯的荒草野径，

正是通过这条曲折的小路，
我才认识到如此艰辛的人生。

我流浪儿般地赤着双脚走来，
深感到途程上顽石棱角的坚硬，
再加上那一丛丛拦路的荆棘，
使我每一步都留下一道血痕。

我乞丐似的光着脊背走去，
深知道冬天风雪中的饥饿寒冷，
和夏天毒日头烈火一般的灼热，
这使我百倍地珍惜每一丝温情。

但我有着向命运挑战的个性，
虽是屡经挫败，我绝不轻从。
我能顽强地活着，活到现在，
就在于：相信未来，热爱生命。

1978 年北京

我的心

心上笼罩着乌黑沉重的云层
心中吹过一阵又一阵的寒风
心底沉淀着盐分饱和的溶浆
心头耸立起积雪不化的山峰

让我来告诉你：这是我的心
这世界已被无情地解剖示众
它已不再有什么秘密的故事
它正遭受着你们残酷的戏弄

你们想用钉铁掌的鞋跟蹍碎它
看着它因为痛苦的抽搐而变形
可它仍然还是一颗心
而且就在我胸中砰砰跃动

我决定接受你们的挑战
不过之前多余问一声

不知你们有没有一颗心

要有，望你们千万珍重

1982 年

落叶

我随手拾起一片落叶
若有所思地仔细端详

干瘪的叶片上皱纹深藏
背面叶脉像青筋饱涨
没有金黄荣耀的色泽
只是一张青灰色的面庞

它曾是那么丰满光亮
墨绿的叶片闪耀着希望
风暴中有它激烈的争辩
骄阳下遮片舒适阴凉

如今在命运寒流的驱赶下
它像个卖艺的老人一样
蜷缩着身躯沿街流落

瑟瑟发抖地低吟浅唱

一片无人理解的枯叶
竟是我心中一片迷惘

北岛

北岛（1949年— ），原名赵振开，原籍浙江湖州，生于北京。中国当代诗人、作家，朦胧诗代表人物之一，文学刊物《今天》的创办者之一。著有诗集《北岛诗选》《太阳札记》《午夜歌手——北岛诗选1972—1994》等，散文集《蓝房子》《时间的玫瑰》等，另有小说《波动》《归来的陌生人》，译作《现代北欧诗选》。

爱情故事

毕竟，只有一个世界
为我们准备了成熟的夏天
我们却按成年人的规则
继续着孩子的游戏
不在乎倒在路旁的人
也不在乎搁浅的船

然而，造福于恋人的阳光
也在劳动者的脊背上
铺下漆黑而疲倦的夜晚
即使在约会的小路上
也会有仇人的目光相遇时
降落的冰霜

这不再是一个简单的故事
在这个故事里
有你和我，还有很多人

一切

一切都是命运
一切都是烟云
一切都是没有结局的开始
一切都是稍纵即逝的追寻
一切欢乐都没有微笑
一切苦难都没有泪痕
一切语言都是重复
一切交往都是初逢
一切爱情都在心里
一切往事都在梦中
一切希望都带着注释
一切信仰都带着呻吟
一切爆发都有片刻的宁静
一切死亡都有冗长的回声

醒悟

成群的乌鸦再次出现
冲向行军的树林

我在冬天的斜坡上醒来
梦向下滑行

有时阳光仍保持
两只狗见面时的激动

那交响乐是一所医院
整理着尘世的混乱

老人突然撒手
一生织好的布匹

水涌上枝头
金属的玫瑰永不凋零

睡吧，山谷

睡吧，山谷
快用蓝色的云雾蒙住天空
蒙住野百合苍白的眼睛
睡吧，山谷
快用雨的脚步去追逐风
追逐布谷鸟不安的啼鸣

睡吧，山谷
我们躲在这里
仿佛躲进一个千年的梦中
时间不再从草叶上滑过
太阳的钟摆停在云层后面
不再摇落晚霞和黎明

旋转的树林
甩下无数颗坚硬的松果
护卫着两行脚印

我们的童年和季节一起
走过那条弯弯曲曲的小路
花粉沾满了荆丛

呵，多么寂静
抛出去的石子没有回声
也许，你在探求什么
——从心到心
一道彩虹正悄然升起
——从眼睛到眼睛

睡吧，山谷
睡吧，风
山谷睡在蓝色的云雾里
风，睡在我们手掌中

五色花

在深渊的边缘上，
你守护我每一个孤独的梦
——那风啊吹动草叶的喧响。

太阳在远方白白地燃烧，你在水洼旁，
投进自己的影子，微波荡荡，
沉淀了昨日的时光。

假如有一天你也不免凋残，
我只有个简单的希望：
保持着初放时的安详。

日子

用抽屉锁住自己的秘密
在喜爱的书上留下批语
信投进邮箱　默默地站一会儿
风中打量着行人　毫无顾忌
留意着霓虹灯闪烁的橱窗
电话间里投进一枚硬币
问桥下钓鱼的老头要支香烟
河上的轮船拉响了空旷的汽笛
在剧场门口幽暗的穿衣镜前
透过烟雾凝视着自己
当窗帘隔绝了星海的喧嚣
灯下翻开褪色的照片和字迹

回答

卑鄙是卑鄙者的通行证，
高尚是高尚者的墓志铭，
看吧，在那镀金的天空中，
飘满了死者弯曲的倒影。

冰川纪过去了，
为什么到处都是冰凌？
好望角发现了，
为什么死海里千帆相竞？

我来到这个世界上，
只带着纸、绳索和身影，
为了在审判之前，
宣读那些被判决的声音。

告诉你吧，世界
我——不——相——信！

纵使你脚下有一千名挑战者，
那就把我算作第一千零一名。

我不相信天是蓝的，
我不相信雷的回声，
我不相信梦是假的，
我不相信死无报应。

如果海洋注定要决堤，
就让所有的苦水都注入我心中，
如果陆地注定要上升，
就让人类重新选择生存的峰顶。

新的转机和闪闪星斗，
正在缀满没有遮拦的天空。
那是五千年的象形文字，
那是未来人们凝视的眼睛。

走吧

走吧，

落叶吹进深谷，

歌声却没有归宿。

走吧，

冰上的月光，

已从河床上溢出。

走吧，

眼睛望着同一片天空，

心敲击着暮色的鼓。

走吧，

我们没有失去记忆，

我们去寻找生命的湖。

走吧，

路啊路，

飘满红罂粟。

无题

被笔勾掉的山水
在这里重现
我指的绝不是修辞
修辞之上的十月
飞行处处可见
黑衣侦察兵
上升，把世界
微缩成一声叫喊
财富变成洪水
闪光一瞬扩展成
过冬的经验
当我像个假证人
坐在田野中间
大雪部队卸掉伪装
变成语言
灵魂游戏
那些手梳理秋风

有港口就有人等待
晴天，太多的
麻烦汇集成乌云
天气在安慰我们
像梦够到无梦的人
日子和楼梯不动
我们上下奔跑
直到蓝色脚印开花
直到记忆中的脸
变成关上的门
请坐，来谈谈
这一年剩下的书页
书页以外的沉沦

很多年

这是你，这是
被飞翔的阴影困扰的
你忽明忽暗
我不再走向你
寒冷也让我失望
很多年，冰山形成以前
鱼曾浮出水面
沉下去，很多年
我小心翼翼
穿过缓缓流动的夜晚
灯火在钢叉上闪烁
很多年，寂寞
这没有钟的房间
离去的人也会带上
钥匙，很多年
在浓雾中吹起口哨

在路上

七月，废弃的采石场
倾斜的风和五十只纸鹞掠过
向海跪下的人们
放弃了千年的战争

我调整时差
于是我穿过我的一生

欢呼自由
金沙的声音来自水中
腹中躁动的婴儿口含烟草
母亲的头被浓雾裹挟

我调整时差
于是我穿过我的一生

这座城市正在迁移

大大小小的旅馆排在铁轨上
游客们的草帽转动
有人向他们射击

我调整时差
于是我穿过我的一生

蜜蜂成群结队
追逐着流浪者飘移的花园
歌手与盲人
用双重光辉激荡夜空

我调整时差
于是我穿过我的一生

覆盖死亡的地图上
终点是一滴血
清醒的石头在我的脚下
被我遗忘

布拉格

一群乡下蛾子在攻打城市
街灯，幽灵的脸
细长的腿支撑着夜空
有了幽灵，有了历史
地图上未标明的地下矿脉
是布拉格粗大的神经
梦在逃学，梦
是坐在云端的严厉的父亲
有了父亲，有了继承权
一只耗子在皇宫的走廊漫步
影子的侍从前簇后拥
从世纪大门出发的轻便马车
途中变成了坦克
真理在选择它的敌人

有了真理，有了遗忘
醉汉如雄性蕊在风中摇晃

抖落了尘土的咒语
越过伏尔塔瓦河上时间的
桥，进入耀眼的白天

古老的雕像们充满敌意
有了敌意，有了荣耀
小贩神秘地摊开一块丝绒
请卖珍珠聚集的好天气

仅仅一瞬间

仅仅一瞬间
金色的琉璃瓦房檐
在黑暗中翘起
像船头闯进我的窗户
古老的文明
常使我的胃疼痛

仅仅一瞬间
青草酿造的牛奶沉寂
玻璃杯上
远处的灯光闪烁
这些环绕着死亡的
未来的嘴唇
有月亮的颜色

仅仅一瞬间
带着遗传秘密的男孩

奔跑中转过身来
从黎明的方向
用玻璃手枪朝我射击
弹道五光十色

仅仅一瞬间
气候习惯了我的呼吸
小雪，风力二级
松鸡在白色恐怖中飞奔
蚯蚓们在地下交谈
冬天里的情人
有着简单的语言

仅仅一瞬间
一把北京的钥匙
打开了北欧之夜的门
两根香蕉一只橙子
恢复了颜色

午夜歌手

一首歌
是房顶上奔跑的贼
偷走了六种颜色
并把红色指针
指向四点钟的天堂
四点钟爆炸
在公鸡脑袋里
有四点钟的疯狂

一首歌
是棵保持敌意的树
在边界另一边
它放出诺言
那群吞吃明天的狼

一首歌
是背熟身体的镜子

是记忆之王

是蜡制的舌头们

议论的火光

是神话喂养的花草

是蒸汽火车头闯进教室

一首歌

是一个歌手的死亡

他的死亡之夜

被压成黑色唱片

反复歌唱

这一天

风熟知爱情
夏日闪烁着皇家的颜色
钓鱼人孤独地测量
大地的伤口
敲响的钟在膨胀
午后的漫步者
请加入这岁月的含义

有人俯向钢琴
有人扛着梯子走过
睡意被推迟了几分钟
仅仅几分钟
太阳在研究阴影
我从明镜饮水
看见心目中的敌人

男高音的歌声

像油轮激怒大海

我凌晨三时打开罐头

让那些鱼大放光明

零度以上的风景

是鸥鹰教会歌声游泳
是歌声追溯那最初的风

我们交换欢乐的碎片
从不同的方向进入家庭

是父亲确认了黑暗
是黑暗通向经典的闪电
哭泣之门砰然关闭
回声在追赶它的叫喊

是笔在绝望中开花
是花反抗着必然的旅程

是爱的光线醒来
照亮零度以上的风景

黑色地图

寒鸦终于拼凑成
夜：黑色地图
我回来了——归程
总是比迷途长
长于一生

带上冬天的心
当泉水和蜜制药丸
成了夜的话语
当记忆狂吠
彩虹在黑市出没

父亲生命之火如豆
我是他的回声
为赴约转过街角
旧日情人隐身风中
和信一起旋转

北京，让我
跟你所有灯光干杯
让我的白发领路
穿过黑色地图
如风暴领你起飞

我排队排到那小窗
关上：哦，明月
我回来了——重逢
总是比告别少
只少一次

给父亲

在二月寒冷的早晨
橡树终有悲哀的尺寸
父亲，在你照片前
八面风保持圆桌的平静

我从童年的方向
看到的永远是你的背影
沿着通向君主的道路
你放牧乌云和羊群

雄辩的风带来洪水
胡同的逻辑深入人心
你召唤我成为儿子
我追随你成为父亲

掌中奔流的命运
带动日月星辰运转

在男性的孤灯下
万物阴影成双
时针兄弟的斗争构成
锐角，合二为一
病雷滚进夜的医院
砸响了你的门

黎明如丑角登场
火焰为你更换床单
钟表停止之处
时间的飞镖呼啸而过

快追上那辆死亡马车吧
一条春天窃贼的小路
查访群山的财富
河流环绕歌的忧伤

标语隐藏在墙上
这世界并没多少改变
女人转身融入夜晚
从早晨走出男人

江河

江河（1949— ），原名于友泽，北京人。20世纪80年代中期出国，现居美国。1980年5月在《上海文学》发表处女作《星星变奏曲》，著有诗集《从这里开始》《太阳和它的反光》等。

纪念碑

我常常想
生活应该有一个支点
这支点
是一座纪念碑

天安门广场
在用混凝土筑成的坚固底座上
建筑起中华民族的尊严
纪念碑
历史博物馆和人民大会堂
像一台巨大的天平
一边
是历史，是昨天的教训
另一边
是今天，是魄力和未来

纪念碑默默地站在那里

像胜利者那样站着
像经历过许多次失败的英雄
在沉思
整个民族的骨骼是他的结构
人民巨大的牺牲给了他生命
他从东方古老的黑暗中醒来
把不能忘记的一切都刻在身上
从此
他的眼睛关注着世界和革命
他的名字叫人民

我想
我就是纪念碑
我的身体里垒满了石头
中华民族的历史有多么沉重
我就有多少重量
中华民族有多少伤口
我就流出过多少血液

我就站在
昔日皇宫的对面
那金子一样的文明
有我的智慧，我的劳动

我的被掠夺的珠宝
以及太阳升起的时候
琉璃瓦下紫色的影子
——我苦难中的梦境
在这里
我无数次地被出卖
我的头颅被砍去
身上还留着锁链的痕迹
我就这样被埋葬
生命在死亡中成为东方的秘密

但是
罪恶终究会被清算
罪行终将会被公开
当死亡不可避免的时候
流出的血液也不会凝固
当祖国的土地上只有呻吟
真理的声音才更响亮
既然希望不会灭绝
既然太阳每天从东方升起
真理就把诅咒没有完成的
留给了枪

革命把用血浸透的旗帜

留给风，留给自由的空气

那么

斗争就是我的主题

我把我的诗和我的生命

献给了纪念碑

祖国啊祖国

在英雄倒下的地方
我起来歌唱祖国

我把长城庄严地放上北方的山峦
像晃动着几千年沉重的锁链
像高举起刚刚死去的儿子
他的躯体还在我手中抽搐
我的身后，有我的母亲
民族的骄傲，苦难和抗议
在历史无情的眼睛里
掠过一道不安
深深地刻在我的额角
一条光荣的伤痕
硝烟从我的头上升起
无数破碎的白骨叫喊着随风飘散
惊起白云
惊起一群群纯洁的鸽子

随着鸽子、愤怒和热情
我走过许多年代，许多地方
走过战争，废墟，尸体
拍打着海浪像拍打着起伏的山脉
流着血
托起和送走血红血红的太阳
影子浮动在无边的土地
斑斑点点——像湖泊，像眼泪
像绿蒙蒙的森林和草原
隐藏着悲哀和生命的人群在闪动
像我的民族隐隐作痛的回忆
没有一片土地使我这样伤心，激动
没有一条河流使我这样沉思和起伏

这土地，仿佛疲倦了，睡了几千年
石头在噩梦中辗转，堆积
缓慢地长成石阶、墙壁、飞檐
像香座，像一枝枝镀金的花朵
幽幽的钟声在枝头战栗
抖落了一年一度的希望
葬送了一个又一个早晨
一座座城市像岛屿一样浮起，漂泊
比雾中的船只还要迷惘

大片大片的庄稼在汗水中成熟
仿佛农民朴素的信仰
没有什么

留给醒来的时候
留给晴朗的寂默

也许
烦恼和血性就从这时起涌
火药开始冒烟
指南针触动了弯成弓似的船舶
丝绸朝着河流相反的方向流向世界
像一抹余晖，温柔地织出星星
把美好的神话和女人托付给月亮
那么，有什么必要
让帝王的马车在纸上压过一道道车辙
让人民像两个字一样单薄，瘦弱
再让我炫耀我的过去
我说不出口
只能睁大眼睛
看着青铜的文明一层一层地剥落
像干旱的土地，我手上的老茧
和被风抽打的一片片诚实的嘴唇
我要向缎子一样华贵的天空宣布

这不是早晨，你的血液已经凝固

然而祖国啊
你毕竟留下了这么多儿子
留下劳动后充血的臂膀
低垂着——渐渐握紧了拳头
留下历史的烟尘中一面面反叛的旗
留下失败，留下旋转的森林
枝丫交错地伸向天空
野兽咆哮
层层叠叠的叶子在北方涔涔飘落
依旧浓郁地覆盖着南方
和沉重的庄稼一同翻滚
鸟群呼啦啦飞起
祖国啊，你留下这样美好的山川
留下渴望和责任，瀑布和草
留下熠熠闪烁的宫殿，古老的呻吟
一群群喘息的灰色的房屋
留下强烈的对比、不平
沙漠和曲曲折折的港湾
山顶上冰一样冷静的思考
许多年的思考
轰轰隆隆响着，断裂着
焦急地变成水

投向峡谷，深沉，激荡
与黑压压的岩石不懈地冲撞
涌向默默无声地伸展的土地

在我民族温厚的性格里
在淳朴、酿造以及酒后的痛苦之间
我看到大片大片的羊群和马
越过栅栏，向草原移动
出汗的牛皮、犁耙
和我的老树一样粗糙的手掌之间
土地变得柔软，感情也变得坚硬

只要有群山平原海洋
我的身体就永远雄壮，优美
像一棵又一棵树，一片又一片涛声
从血管似的道路上，河流中
滚滚而来——我的队伍辽阔无边
只要有深渊、黑暗和天空
我的思想就会痛苦地升起，飘扬在山巅
只要有蕴藏，有太阳
我的心怎能不跳出，走遍祖国

树根和泥淖中跋涉的脚是我的根据
苦味的风刺激着我，小麦和烟囱在生长

什么也挡不住
即使修造了门，筑起了墙
房子是为欢聚、睡眠和生活建造的
一张张窗口像碰出响声的晶莹酒杯
像闪着光的书籍一页一页地翻动
繁殖也不意味着拥挤和争吵
只要有手，手和手就会握在一起
哪怕是沙漠中的一串铃声，铃铛似的
椰子树脖子上摇动的椰子
烫手的空气中，沙滩上疲倦的网
同样是我的希望
寒冷的松针以及稻子的芒刺
是我射向太阳的阳光
太阳就垂在我的肩上，像樱桃，像葡萄
痒酥酥的，像汗水和吻流过我的胸脯
乌云在我的叫喊和闪电之后
降下疯狂的雨
像垂死的报复
落下阴惨惨的撕碎了的天空

那么，在历史中
我会永远选择这么一个时候
在潮湿和空旷中
把我的声音压得低低地低低地

压进深深的矿藏和胸膛

呼应着另一片大陆的黑人的歌曲

用低沉的喉咙灼热地歌唱祖国

1978 年

星星变奏曲

如果大地的每个角落都充满了光明
谁还需要星星，谁还会
在夜里凝望
寻找遥远的安慰
谁不愿意
每天
都是一首诗
每个字都是一颗星
像蜜蜂在心头颤动
谁不愿意，有一个柔软的晚上
柔软得像一片湖
萤火虫和星星在睡莲丛中游动
谁不喜欢春天，鸟落满枝头
像星星落满天空
闪闪烁烁的声音从远方飘来
一团团白丁香朦朦胧胧

如果大地每个角落都充满了光明

谁还需要星星，谁还会

在寒冷中寂寞地燃烧

寻求星星点点的希望

谁愿意

一年又一年

总写苦难的诗

每一首都是一群颤抖的星星

像冰雪覆盖心头

谁愿意，看着夜晚冻僵

僵硬得像一片土地

风吹落一颗又一颗瘦小的星

谁不喜欢飘动的旗子，喜欢火

涌出金黄的星星

在天上的星星疲倦了的时候——升起

去照亮太阳照不到的地方

1980 年

太阳和他的反光（节选）

开天

蜷曲着

一张古老的弓

被悠悠的漫长的时间拉紧

混沌的日子，幽闭

而无边

巨大的黑色的蚌喘息着张开

黏稠喑哑的弦缓缓拉直开始颤动

他的胸脯渐渐展宽郁闷地变蓝

他的心将离他而去

辽远的目光在早上醒来

晴朗的快感碧波万里

喷吐着泡沫，筑起岛屿的蜂巢

柔情蜜意地歌唱太阳

而大地如此粗糙

他伏在海洋空阔的案头
面对无字的帆，狂风不定的语言
珊瑚礁石互相吞噬的鱼
寂静凶狠地在他腹中鼓噪
海草卷上岸边，纷乱的心绪
缠进泥里，揉搓进沙子里
像卵石零星孵化的瑟缩的鸟雏
他渴望海鸥漫天袭来
把他啄食干净
带着他成千上万地遨游太空
这时浪头撕碎了他所有的梦境
太阳枕着的手臂抖起他的思想
火云蜂拥飞向大地

灰烬如墨，泼向江河、瀑布和松涛
他拂袖以雪原覆盖
点上孤独的足迹
安然睡去等候月色映出神圣的春天

1985 年

让我们一起奔腾吧

——献给变革者的歌

1

我和春天一起写这首诗
和你，和更多的人一同唱这支歌
海水和冰块猛烈相撞，船冲向浪头
我们这样站着，
温柔地呼唤风，像呼唤姑娘们
使大地上所有的小树木都涨满绿色的帆

当喷吐着鲜红火焰的果子
被狂风一个个击落，那时候
种子要撒遍土地，和矿藏一同沉默着
为了在今天歌唱

为了歌唱，玉兰花
把洁白的心向蓝天打开
为了不再孤独，繁星似的迎春到处闪烁
金色的声音刺激着我们

阳光追逐着，鸟儿牵动着
让我们一块儿走吧
在花瓣匆匆铺成的道路上芬芳地走吧
紫丁香像影子一样在身后晃动
春天正迎着我们走来，献上更多的花朵

2

你热情，开朗，像四月的阳光
想象的云朵在疾风中飘扬
寻找着美好的声音
爱情的震颤，庄稼的波涛，金属的鸣响
走向辽远的地方，放出喉咙里的力量

你一阵又一阵风似的向我跑来
告诉我使你坐不住的事情
捧着激荡的诗
一直读到希望战栗着升起
抖索着黎明时分蓝色的锋芒
我知道你那善良的愿望，你们原谅的姑娘
原谅的，生活中渐渐迷茫的目光
但是那不能原谅的一切
又尖锐地刺痛你
你憎恨黑暗，甚至阴影
因此，清澈地对待别人，清澈得
看到心，一颗鲜红的浆果在绿叶丛中摇荡

你将一年又一年把这鲜红的果子挂满枝头
让善良的人们摘去
想起你，我的诗中就扬起好听的声响

3

我们结识了，岩石
用大海翡翠的语言交谈
用坦白得像沙滩一样的语言
雪花似的水鸟栖息在我们的肩头
飞去又回来，我们就这样和天空对话

我们相识了。江河
蔚蓝地在黑土地上流过
太阳和星星睡在我们的怀里
闪闪发光，颤动着金碧辉煌的梦
点点白帆像纯洁的姑娘们伴随着我们

山上长满倔强的针叶树
在冬天也是绿色的战士

4

土地说：我要接近天空
于是，山脉耸起

人说：我要生活
于是，洪水退去
河流优美地流着

让我们和更多的人一块走吧
祖先在风中诉说着青葱的愿望
血液在身体里温暖地流着，在太阳上欢跃
太阳把七色的花朵投在成千上万的枝条上
我们又将给大地留下什么呢
成千上万只叶子的小船从枝条上出发
大海把清脆的浪花投进岩石缝中
我们的手臂又将收获什么
岁月的皱纹又将闪出什么样的光辉呢
我不能设想，美丽的风光
不在人们脸上闪动
我们死去和诞生的地方还有什么意义
我不能设想，崛起的建筑里
不溢满普通家庭的笑声
我们的劳动、创造还有什么意义

为此
我和大海一同醒来，拿起工具
春天伴随着我们一同奔腾

1995 年

火车或传统

那的确很美，像绿色的小蜥蜴
趴着晒太阳，周围原野慢慢漂移
你两腮有节奏地昏昏欲睡

一股水汽向你扑来
还没搞清楚谁打的阀门
你被掀开一下呆在那
那个庞大的家伙正离你而去

回旋

你提着那盏易碎的灯
你把我的眼光拉弯
像水波在你脚下轻柔消失
提着那盏铜制的灯
你用手遮着你像影子样柔和
把我的眼光擦得微微发疼
你的裙子推弯水波轻轻消失
提着那盏熟透的杏子
你绿得透过了你的裙子
让我染红云彩做你的背影
让我拉长黄昏的眼光
慢慢收回坠着的太阳
你提着那盏梨子那盏樱桃
你在我嘴里嚼着
我的眼光飘出香味像果子
你把我拉弯拱上夜空
你碎了我把你拾起来
吹散藏在手里的满天星星

芒克

芒克（1950— ），原名姜世伟，生于辽宁沈阳，朦胧诗人的代表之一。1969年到河北省白洋淀插队，1978年底与北岛共同创办文学刊物《今天》，并出版了处女诗集《心事》。1987年与唐晓渡、杨炼组织了『幸存者诗歌俱乐部』，并出版刊物《幸存者》。著有诗集《阳光中的向日葵》《芒克诗选》等，长篇小说《野事》。

城市

1

醒来
是你孤零零的脑袋

夜深了
风还在街上
像个迷路的孩子
东奔西撞

2

街
被折磨得
软弱无力地躺着

那流着唾液的大黑猫
饥饿地哭叫

3

这城市疼痛得东倒西歪

在黑暗中显得苍白

4

沉睡的天

你的头发被黑夜揉得凌乱

我被你搅得

彻夜不眠

也许是梦

猜透了我的心情

才来替我抒情

啊，那被你欺骗着的

数不清的眼睛

5

当天空中

垂下了一缕阳光柔软的头发

城市

浸透着东方的豪华

6

人们在互相追逐

给后代留下颜色
孩子们从阳光里归来
给母亲带回爱

7

啊，城市
你这东方的孩子
在母亲干瘪的胸脯上
寻找着粮食

8

这多病的孩子对着你出神
太阳的七弦琴
你映出的却是她瘦弱的身影

9

城市啊
面对着饥饿的孩子睁大的眼睛
你却如此冰冷
如此无情

10

黑夜
总不愿意把我放过

它露着绿色的一只眼睛

可是

你什么也不对我说

夜深了

这天空似乎倾斜

我便安慰我

欢乐吧

欢乐是人人都会有的

1972 年

葡萄园

一小块葡萄园
是我发甜的家

当秋风突然走进哐哐作响的门口
我的家园都是含着眼泪的葡萄

那使园子早早暗下来的墙头
几只鸽子惊慌飞走

胆怯的孩子把弄脏的小脸
偷偷地藏在房后

平时总是在这里转悠的狗
这会儿不知溜到哪里去了

一群红色的鸡满院子扑腾
咯咯地叫个不停

我眼看着葡萄掉在地上
血在落叶中间流

这真是个想安宁也不能安宁的日子
这是在我家失去阳光的时候

1973 年

太阳落了

1

你的眼睛被遮住了

你低沉、愤怒的声音

在这阴森森的黑暗中冲撞

放开我

2

太阳落了

黑夜爬了上来

放肆地掠夺

这田野将要毁灭

人

将不知道往哪儿去了

3

太阳落了

她似乎提醒着

你不会再看到我

4

我是这样的憔悴

黄种人

我又是这样的爱

爱你的时候

充满着强烈的要求

5

太阳落了

你不会再看到我

6

你的眼睛被遮住了

黑暗是怎样地在你身上掠夺

怎样？

你好像全不知道。

但是

这正义的声音强烈地回荡着

放开我

1973 年

天空

太阳升起来
天空血淋淋的
犹如一块盾牌

日子像囚徒一样被放逐
没有人来问我
没有人宽恕我

我始终暴露着
只是把耻辱
用唾沫盖住

天空，天空
把你的疾病
从共和国的土地上扫除干净

可是，希望变成了泪水

掉在地上
我们怎么能确保明天的人们不悲伤

我遥望着天空
我属于天空
天空呵
你提醒着
那向我走来的世界

为什么我在你面前走过
总会感到羞怯
好像我老了
我拄着棍子
过去的青春终于落在手中
我拄着棍子
天空
你要把我赶到哪里去
我为了你才这样力尽精疲

谁不想把生活编织成花篮
可是，美好被打扫得干干净净
我们这么年轻
你能否愉悦着我们的眼睛

带着你的温暖

带着你的爱

再用你的绿舟

将我远载

希望

请你不要走得太远

你在我身边

就足以把我欺骗

太阳升起来

天空——这血淋淋的盾牌。

1973 年

路上的月亮

1

月亮陪着我走回家

我想把她带到将来的日子里去

一路静悄悄

2

咪，咪，咪

请你不要再把我打搅

你是人吗

也许你比人还可靠

3

当然了

没有比做人更值得骄傲

而你呢

你是猫

猫生下来就骚

4

我想把她带到将来的日子里去

不论怎样

想想总比不想好

5

生活真是这样美好

睡觉

6

月亮独自在荒野上飘

她是什么时候失掉的

我一点儿也不知道

阳光中的向日葵

你看到了吗
你看到阳光中的那棵向日葵了吗
你看它，它没有低下头
而是把头转向身后
它把头转了过去
就好像是为了一口咬断
那套在它脖子上的
那牵在太阳手中的绳索

你看到它了吗
你看到那棵昂着头
怒视着太阳的向日葵了吗
它的头几乎已把太阳遮住
它的头即使是在没有太阳的时候
也依然在闪耀着光芒

你看到那棵向日葵了吗

你应该走近它

你走近它便会发现

它脚下的那片泥土

每抓起一把

都一定会攥出血来

1983 年

老房子

那屋顶
那破旧的帽子
它已戴了很多年
虽然那顶帽子
也曾被风的刷子刷过
也曾被雨水洗过
但最终还是从污垢里钻出了草
它每日坐在街旁
它从不对谁说什么
它只是用它那让人揣摩不透的眼神
看着过往的行人
它面无光泽
它神情忧郁
那是因为它常常听到
它的那些儿女
总是对它不满地唠叨

把眼睛闭上

把眼睛闭上
把自己埋葬
这样你就不会再看到
太阳那朵鲜红的花
是怎样被掐下来
被扔在地上
又是怎样被黑夜
恶狠狠地踩上一脚

把眼睛闭上
把自己埋葬
这样你就会与世隔绝
你就不会再感到悲伤
噢，我们这些人啊
我们无非是这般下场
你是从黑暗中来的
你还将在黑暗中化为乌有

死后也还会衰老

地里已长出死者的白发
这使我相信，人死后也还会衰老

人死后也还会有噩梦扑在身上
也还会惊醒，睁眼看到

又一个白天从蛋壳里出世
并且很快便开始忙于在地上啄食

也还会听见自己的脚步
听出自己的双腿在欢笑在忧愁

也还会回忆，尽管头脑里空洞洞的
尽管那些心里的人们已经腐烂

也还会歌颂他们，歌颂爱人
用双手稳稳地接住她的脸

然后又把她小心地放进草丛
看着她笨拙地拖出自己性感的躯体

也还会等待，等待阳光
最后像块破草席一样被风卷走

等待日落，它就如同害怕一只猛兽
会撕碎它的肉似的躲开你

而夜晚，它却温顺地让你拉进怀里
任随你玩弄，发泄，一声不吭

也还会由于劳累就地躺下，闭目
听着天上群兽在争斗时发出的吼叫

也还会担忧，或许一夜之间
天空的血将全部流到地上

也还会站起来，哀悼一副死去的面孔
可她的眼睛还在注视着你

也还会希望，愿自己永远地活着
愿自己别是一只被他人猎取的动物

被放进火里烤着，被吞食
也还会痛苦，也还会不堪忍受啊

地里已经长出死者的白发
这使我相信：人死后也会衰老

生死相聚

阳光静默
听身旁树木发出的声响如哀歌
四个方向是四种不同的景色
那在坟墓里的人什么也不说

天空漠然在上
无任何生命掠过
更无雷鸣把头探出
渴望雨水的大地生长的是火

酷热也难以忍受酷热
离别其实难以离别
人死虽似烟消云散
但感情却从来没有灭绝

枯萎的只是皮肉
熄灭的只不过是热血

时间同样也有死亡之时

星辰也会如花开花落

匆匆忙忙的人生

来来去去的岁月

我们都走了一段自己的路

只是你的曲折不同于我的曲折

生者和死者相聚

犹如天地相对而坐

没有言语反倒谈得投合

无话则意味着想说的太多

舒婷

舒婷（1952年— ），原名龚佩瑜，原籍福建晋江。中国当代女诗人，朦胧诗派代表人物。1969年，舒婷在上山下乡洪流中插队到闽西山区。1979年4月，《诗刊》从《今天》上选发了舒婷的《致橡树》，两个月后，又发表了她的《祖国啊，我亲爱的祖国》和《这也是一切》。著有诗集《双桅船》《会唱歌的鸢尾花》《始祖鸟》《舒婷的诗》等。

馈赠

我的梦想是池塘的梦想
生存不仅映照天空
让周围的垂柳和紫云英
把我汲取干净吧
缘着树根我走向叶脉
凋谢于我并非伤悲
我表达了自己
我获得了生命

我的快乐是阳光的快乐
短暂，却留下不朽的创作
在孩子双眸里
燃起金色的小火
在种子胚芽中
唱着翠绿的歌
我简单而又丰富
所以我深刻

我的悲哀是候鸟的悲哀
只有春天理解这份热爱
忍受一切艰难失败
永远飞向温暖、光明的未来
啊，流血的翅膀
写一行饱满的诗
深入所有心灵
进入所有年代

我的全部感情
都是土地的馈赠

中秋夜

海岛八月中秋
芭蕉摇摇
龙眼熟坠
不知有“花朝月夕”
只因年来风雨见多
当激情招来十级风暴
心，不知在哪里停泊

道路已经选择
没有蔷薇花
并不曾后悔过
人在月光里容易梦游
渴望得到也懂得温柔
要使血不这样奔流
凭二十四岁的骄傲显然不够

要有坚实的肩膀

能靠上疲惫的头

需要有一双手

来支持最沉重的时刻

尽管明白

生命应当完全献出去

留多少给自己

就有多少忧愁

1976 年 9 月 4 日

致橡树

我如果爱你——
绝不像攀援的凌霄花，
借你的高枝炫耀自己；
我如果爱你——
绝不学痴情的鸟儿，
为绿荫重复单调的歌曲；
也不只像泉源，
长年送来清凉的慰藉；
也不只像险峰，
增加你的高度，衬托你的威仪。
甚至日光，
甚至春雨。
不，这些都还不够！
我必须是你近旁的一株木棉，
作为树的形象和你站在一起。
根，紧握在地下，
叶，相触在云里。

每一阵风过，我们都互相致意，
但没有人
听懂我们的言语。
你有你的铜枝铁干，
像刀，像剑，
也像戟；
我有我红硕的花朵，
像沉重的叹息，
又像英勇的火炬。
我们分担寒潮、风雷、霹雳；
我们共享雾霭、流岚、虹霓，
仿佛永远分离，
却又终身相依。
这才是伟大的爱情，
坚贞就在这里：
爱——
不仅爱你伟岸的身躯，
也爱你坚持的位置，足下的土地。

1977年3月27日

四月的黄昏

四月的黄昏里
流曳着一组组绿色的旋律
在峡谷低回
在天空游移
要是灵魂里溢满了回响
又何必苦苦寻觅
要歌唱你就歌唱吧，但请
轻轻，轻轻，温柔地

四月的黄昏
仿佛一段失而复得的记忆
也许有一个约会
至今尚未如期
也许有一次热恋
永不能相许
要哭泣你就哭泣吧，让泪水
流啊，流啊，默默地

1977 年 5 月 6 日

这也是一切——
答一位青年朋友的《一切》

不是一切大树，
都被暴风折断；
不是一切种子，
都找不到生根的土壤；
不是一切真情，
都流失在人心的沙漠里；
不是一切梦想，
都甘愿被折掉翅膀。

不，不是一切
都像你说的那样！

不是一切火焰，
都只燃烧自己
而不把别人照亮；
不是一切星星，
都仅指示黑夜

而不报告曙光；
不是一切歌声，
都只掠过耳旁
而不留在心上。

不，不是一切
都像你说的那样！

不是一切呼吁都没有回响；
不是一切损失都无法补偿；
不是一切深渊都是灭亡；
不是一切灭亡都覆盖在弱者头上；
不是一切心灵
都可以踩在脚下，烂在泥里；
不是一切后果
都是眼泪血印，而不展现欢容。

一切的现在都孕育着未来，
未来的一切都生长于它的昨天。
希望，而且为它斗争，
请把这一切放在你的肩上。

1977 年 7 月 25 日

往事二三

一只打翻的酒盅
石路在月光下浮动
青草压倒的地方
遗落一枝映山红

桉树林旋转起来
繁星拼成了万花筒
生锈的铁锚上
眼睛倒映出晕眩的天空

以竖起的书本挡住烛光
手指轻轻衔在口中
在脆薄的寂静里
做半明半昧的梦

1978 年 5 月 23 日

双桅船

雾打湿了我的双翼
可风却不容我再迟疑
岸啊，心爱的岸
昨天刚刚和你告别
今天你又在这里
明天我们将在
另一个纬度相遇

是一场风暴，一盏灯
把我们联系在一起
是另一场风暴，另一盏灯
使我们再分东西

不怕天涯海角
岂在朝朝夕夕
你在我的航程上
我在你的视线里

1979 年 8 月

童话诗人

你相信了你编写的童话
自己就成了童话中幽蓝的花
你的眼睛省略过
病树、颓墙
锈崩的铁栅
只凭一个简单的信号
集合起星星、紫云英和蝈蝈的队伍
向没有被污染的远方
出发

心也许很小很小
世界却很大很大

于是，人们相信了你
相信了雨后的松塔
有千万颗小太阳悬挂
桑葚、钓鱼竿弯弯绷住河面

云儿缠住风筝的尾巴
无数被摇撼的记忆
抖落岁月的尘沙
以纯银一样的声音
和你的梦对话

世界也许很小很小
心的领域很大很大

1980 年 4 月

献给我的同代人

他们在天上
愿为一颗星
他们在地上
愿为一盏灯
不怕显得多么渺小
只要尽其可能

唯因不被承认
才格外勇敢真诚
即使像眼泪一样跌碎
敏感的大地
处处仍有
持久而悠远的回声

为开拓心灵的处女地
走入禁区，也许——
就在那里牺牲

留下歪歪斜斜的脚印

给后来者

签署通行证

1980 年 4 月

赠别

人的一生应当有
许多停靠站
我但愿每一站台
都有一盏雾中的灯
虽然再没有人用肩膀
挡住呼啸的风
以冻僵的手指
为我掖好白色的围巾
但愿灯像今夜一样亮着吧
即使冰雪封住了
每一条道路
仍有向远方出发的人

我们注定还要失落
无数白天和黑夜
我只请求留给我
一个宁静的早晨

皱巴巴的手帕
铺在潮湿的长凳
你翻开蓝色的笔记
杧果树下有隔夜的雨声
写下两行诗你就走吧
我记住了
写在湖边小路上的
你的足迹和身影

要是没有离别和重逢
要是不敢承担欢愉与悲痛
灵魂有什么意义
还叫什么人生

1980 年 8 月 4 日

兄弟，我在这儿

夜凉如晚潮
漫上一级级歪歪斜斜的石阶
侵入你的心头
你坐在门槛上
黑洞洞的小屋张着口
蹲在你身后
槐树抖下飞鸟似的落叶
月白的波浪上
小小的金币漂浮

你原属于太阳
属于草原、堤岸、黑宝石的眼眸
你属于暴风雪
属于道路、火把、相扶持的手
你是战士，你的生命铿锵有声
钟一样将阴影
从人心震落

风正踏着陌生的步子走开
他们不愿相信
你还有忧愁

可是，兄弟
我在这儿
我从思念中走来
书亭、长椅、苹果核
在你记忆中温暖地闪烁
留下微笑和灯盏
留下轻快的节奏
离去
沿着稿纸的一个个方格

只要夜里有风
风改变思绪的方向
只要你那只圆号突然沉寂
要求着和声
我就会回来
在你肩旁平静地说
兄弟，我在这儿

1980 年 10 月

惠安女子

野火在远方，远方
在你琥珀色的眼睛里

以古老部落的银饰
约束柔软的腰肢
幸福虽不可预期，但少女的梦
蒲公英一般徐徐落在海面上
啊，浪花无边无际

天生不爱倾诉苦难
并非苦难已经永远绝迹
当洞箫和琵琶在晚照中
唤醒普遍的忧伤
你把头巾一角轻轻咬在嘴里

这样优美地站在海天之间
令人忽略了：你的裸足

所踩过的碱滩和礁石
于是，在封面和插图中
你成为风景，成为传奇

1981 年 4 月

神女峰

在向你挥舞的各色花帕中
是谁的手突然收回
紧紧捂住了自己的眼睛
当人们四散离去，谁
还站在船尾
衣裙漫飞，如翻涌不息的云
江涛
　　高一声
　　　　　　低一声

美丽的梦留下美丽的忧伤
人间天上，代代相传
但是，心
真能变成石头吗
沿着江岸
金光菊和女贞子的洪流

正煽动新的背叛

　　与其在悬崖上展览千年

　　不如在爱人肩头痛哭一晚

1981 年 6 月于长江

杨炼

杨炼（1955年— ），出生于瑞士伯尔尼，成长于北京。1974年高中毕业后在北京昌平县插队，之后开始写诗，并成为《今天》杂志的主要作者之一。1983年，以长诗《诺日朗》轰动诗坛，同年在北京与芒克、多多等创立『幸存者诗歌俱乐部』。著有诗集《荒魂》《杨炼作品1992——1997》《幸福鬼魂手记》等，散文《鬼话》《月蚀的七个半夜》等。

石斧[1]

风

草

树

山谷的杯子

倾斜

满月

把我洗劫

太高傲了以至不屑去死！[2]

穴居的夜

白骨和陨石

青苔泛滥

我，一颗无法孵化的心独自醒来、

没有眼睛，只有风

没有耳朵，只有草

① 本诗选自杨炼组诗《半坡》，创作于1982年。

② 「太高傲了以至不屑去死」——引自迪兰·托马斯《哀歌》。

没有手臂， 只有树
和一片渐渐发黑的嘴唇
咬紧泥土
太高傲了以至不屑做流泪的梦

大地， 无尽地朝圣
太阳的正午之光的绞索
早已勒紧
整个世界落在我身上
(白昼多么和谐地退入黑夜)
盘古的手大禹的手
如今只剩下一只手， 我被埋葬

被历史抛弃也抛弃了历史
石头的复仇是石头
善良，是千万年后锋利的一击
把豹子杀死
把不知不觉充满了罪恶的时间杀死

青苔，蜷缩，伸展
软绵绵的，小心翼翼的骗子
来吧！黑暗，只对自己真实就够了
我们已这样彼此安慰着
看惯了一切

只能让肮脏把纯洁包裹起来
而纯洁内部，又是一个更恐怖的夜
原子的地狱，无法拯救的地狱
渴望破碎，像火山在毁灭——

一道寒光， 那唯一能等待的天使
我将彻底属于我！

太高傲了
不屑于死尽管不得不死
素不相识的脚步（同谋犯最后的亲吻）
满月升起来
一片渐渐发黑的嘴唇

讣告
从诞生第一天就已发出
我
独
自
醒
来

1982 年

敦煌组诗之飞天

我不是鸟，当天空急速地向后崩溃
一片黑色的海，我不是鱼
身影陷入某一瞬间、某一点
我飞翔，还是静止
超越，还是临终挣扎
升，或者降（同样轻盈的姿势）
朝千年之下，千年之上？

全部经历不过这堵又冷又湿的墙
诞辰和末日，整夜哭泣
沙漠那麻醉剂的咸味
充满一个默默无言的女人
一小块贞操似的茫然的净土
褪色的星辰，东方的神秘

花朵摇摇欲坠
表演着应有的温柔

醒来，还是即将睡去？我微合的双眼
在几乎无限的时光尽头扩张，望穿噩梦
一种习惯，为期待弹琴
一层擦不掉的笑容，早已生锈
苔藓像另一幅壁画悄悄腐烂
我憎恨黑暗，却不得不跟随黑暗
夜来临。夜，整个世界
现实之手，扼住想象的鲜艳的裂痕

歌唱，在这儿
是年轻力壮的苍蝇的特长

人群流过，我被那些我看着
在自己脚下、自己头上，变换一千重面孔
千度沧桑无奈石窟一动不动的寂寞
庞大的实体，还是精致的虚无
生，还是死——我像一只摆停在天地之间
舞蹈的灵魂，锤成薄片
在这一点，这一片刻，在到处，在永恒

一根飘带因太久的垂落失去深度
太久了，面前和背后那一派茫茫黄土
我萌芽，还是与少女们的尸骨对话

用一颗墓穴间发黑的语言
一个战栗的孤独，彼此触摸

没有方向，也似乎有一切方向
渴望朝四周激越，又退回这无情的宁静
苦苦漂泊，自足只是我的轮廓
千年以下，千年以上
我飞如鸟，到视线之外聆听之外
我坠如鱼，张着嘴，无声无息

1982 年 11 月—1984 年 7 月

饕餮之问

北极星嵌在额头正中
幽蓝　晶亮　瞳如冰
毁了一切　被烹煮的少女
孤零零怀抱着一切?

逃出安阳　逃进殷之夜
没别的光除了这目光
奢华磨洗一把大钺
粉嫩的残肢吻落在哪儿?

千百年　抬头
我们就在陷落　水切齿
总在下面　少女坍塌为哗哗声
攫　或者嚼?

千百个字再分裂还是
唯一那个　一笔写尽流淌的

烹煮一万次　肉仍浸着忧伤
醒来　攫　恰是嚼？

这张脸比不在更无情地
存在　这种无力
盯着谁就把谁凿穿成隘口
磨啊　什么美不是血淋淋的？

浅浅的青铜上浮雕着
我们浅浅的漂浮　瞳之轴
冷冷一问又把天空变小？
命名之黑里多少不升不降的太阳？

少女婀娜自殷之夜
荡回　一缕香捻熄了灯火吗？
人面兽面都温驯依偎进了轻烟吗？
什么也不说的语言　已完成了祭祀吗？

2011 年 2 月 3 日—2011 年 2 月 23 日

信

『……平静的乐趣』

（父亲的信）

水做的窗户关上一扇时也打开一扇
水是一封信　总投向更远处
你的手还伸过黑暗轻拍儿子的睡眠
血缘的方言低语　夜最耐读
八十年　灯蛾翩翩

一场雨　构思这家书
老花镜和摘下的目光　搁在桌上
茶杯　向一刹那前的玻璃回顾
那儿祖父咆哮　男孩儿朝背叛的床
再挪一寸　革命涨满童声的大红大绿

那儿　一只青花梅瓶被内蕴的猖狂
所压碎　爸爸　你人生的诗韵
还拎着儿子的听觉　贴紧十一岁的墙
他们逼出一个不像你的声音
弱　却是否认的　置身于红袖章

的事外　文竹枝叶葱翠　在否认
词的内脏中有个空白横扫的世纪
得弱成残月或陌生人　未来才像体温
涌进这笔尖　你挂号寄出你自己
收信者越近

写　越像一场璀璨的退席
幽暗啊　蓄满一只幽独的眼角
儿子的血就蘸着你微笑的那一滴
回信　瞄准世界起跑的那条
横格线　你给的心跳会应和你

你给的舌尖　舔　就取消
母亲死的咸味　死　堆垒生的一半
爸　这隧道没有导游　你最棒的逍遥
是粘紧信封　让嗓音静谧如蚕
织一夜丝光闪闪的茧子——“一切　安好”

STAMP

朦胧诗选

THE MISTY POETRY SELECTED EDITION

万人都要将火熄灭我一人独将此火高高举起——海子

万人都要将火熄灭
我一人独将此火高高举起
——海子

埙：致黑暗中的听者

没有开始　舞台是一个史前
退到想象里　再退到热热的唇上
吻　堵着陶土的嘴　六千年
一个长句揉搓相思肺　丝光
闪闪抽回你怀里的雁鸣　排演
一只埙仅有的一夜　鬼远远低声唱
　　黑暗中你坐着　旷野那么深
　　听一种无处可退的鲜嫩

鬼悠悠的方言从这一声到下一声
抹掉了多少人　抹　水之动作
用水之孤独围着　护着那星空
一只埙噙满墓穴下血肉的灼热
冷冷吹　你沁进自己阴的纯净
阴阴恋着　挽歌都是情歌
　　黑暗中翘起的小拇指拨动云
　　你残骸般耳语　呕着温馨

听啊　烧制成型的仅有的故事
呜咽着实习　你身上那远方之美
一只孔洞还给你一次淋湿
而小小的土星旋转　光环粉碎
今夜　听觉的磁力线都含着隐私
何必言悲欢　当音符最热衷吻别
　　黑暗中　黑暗的奇花欣欣
　　浮动　一秒钟璀璨逼人

诗意　令听者如歌者　令你的鼻息
出生　入死　一件陶土的礼物
递过时间　你在此　春风在心里
嘴对嘴的性爱抿染旷野之绿
而那无色的　捻着草尖儿　令沉寂
溢出回声　那漾开　没有结束
　　黑暗中一曲相思一寸寸
　　镂　仅有的你　仅有的余音

散步者

水下的金鱼是否会歌唱一座城市的兴衰
河边一排钻研羽毛的天鹅
是否在刻画　揽镜自照的少女
风声灌满了他散步的自我
　　被黑暗中一条街领着
到这片沼泽里　脚陷下一寸深
绿漫出堤岸熟读冬天的无奈
一场雨后　草叶破碎的膝盖到处跪着
一块云虚构一次日食
他在地平线远眺中忽明忽暗
　　繁衍有只雁整整叫过的一夜
到这个遗忘里
感觉被河谷温柔地吞下去
感觉自己已变成河谷　一株枯柳
爆炸的金色　投掷一只不停分娩天空的子宫
　听木栅栏在风中呼啸
　被钉死才拦住日子

到达水和血湿漉漉的相似性
沉溺等在这儿　小酒馆絮絮叨叨的未来
锁着门　一城市的他端着冷了的杯子
　　像个被栽种的呼吸
走得更远　埋进老铁桥的骸骨
不可能再远　大丛暗红锈蚀的灌木
逼入窗户　阳光鬼魅地一亮
提示他头上定居的阴沉沉的水位
　　呛死的风景到了
　　黑暗中拆散的
　　　　孤悬的台阶到了

黑暗们

一

绿叶总是被遗忘在　窗口太绿了的时候
像春天用力掷出的每一粒石子
都击中春天自己

鸟儿仍穿着蓝色的旱冰鞋
老狗的眼睛却厌倦了

河岸的拍打声用不着翻译
死亡的美学　唆使花朵们蜂拥而出

唯一忍住狂暴内心的　只有田野
逃得更远时　四月嗅出了血液
阳光中树林守在我们身后
那不能带走的知识　又把死者带走

朗诵一首诗　被加深的寂静

另一个世界还是这个世界　黑暗说

二

没有故事的人　用逃出日子的姿势
逃进一个日子

没有过去的人　过去了
海鸥被暮色制成一本抽象的书

锁在隔离病房里　谁不是疯子
妄想　比肉体更像片段

玻璃的片段　骨骼碎裂声响在外围
舌根腐烂的片段　黄昏为流失而流失

老鼠们叫着　光踩疼自己时的尖叫
每天被每天吓醒了

同一个黑夜　没有人的故事
再讲一次仍不会发生　黑暗说

三

每一场雨都使你坐在自己的终点上
雨声敲打屋顶　小动物的脚步
把你静止地移入黑暗
在静止的天气里你需要别人睡去
睡眠就是离开　雨季的整个世界离开
黑暗才穿过你像一匹烈马穿过火焰
在你里面听　四周银白的针脚
缝补一件肉质的破旧风衣

每一场雨只落进这片空地
你从终点读起时　一页黑色的说明
不疲倦地为下个白昼更换一个人
篡改一个住址　墓地的街更泥泞
挑剔一只手　乞丐们彼此仇恨地拥挤
组成无处躲雨的城市
大群湿漉漉的乌鸦在你里面冲撞
繁殖长着共同面孔的不同罪恶　黑暗说

四

但黑暗什么也没说　黑暗与黑暗之间

仅仅是这个春天

风筝的骨头挂在树梢上
树皮发亮　接吻的情人走过树下
花粉在肺里敲着去年的锣
一个鲜红的小丑　总能让孩子狂奔

嚼着小手的牙越来越绿
旧报纸的草坪　交给火焰的剪子
四月　就以河流为幻影
河流那忘却的颜色　以我们为幻影
鸽哨烧焦后　所有星星
被孩子玩够了塞进一座漆黑的闸门

黑暗中总有一具躯体漂回不做梦的地点

连我们怕　也只怕自己的恐惧
黑暗什么也不说　街头每一个行人
就开始喃喃自语
黑暗　在聆听嘴唇上涂抹的猩红色黑暗

一座春天的学校永远让我们无知

一个记忆　谁活在其中谁就是鬼魂

而疾病使表情变薄

镜子戴在脸上时　大海消化一尾死鱼

被呕吐着仍喋喋不休

黑暗太多了　以致生命从未抵达它一次

春天走出我们　春天才终于沉默

慢板的一夜

紫郁金宫：

后宫里的一夜总有月光　玉阶和珠帘
却都是想象的　一束花衬着壁纸的蓝
想象　妃子的紫衣下一堆雪在坍塌
急急等待被占用的雪　用结晶慢慢
转身　每分钟向内卷曲着慢慢舞蹈
一束郁金香璀璨的衰败脱下一场自恋
一种紫色的耳语　必须喘息着说
只对那人说　当他重重碾压着花瓣
一滴紫色的奶　像妃子急急等待被吸尽的
想着　全世界就涌进一根滚烫的脉管

后宫里的火　总有舌头百般的顽皮
被修剪的尖　舔到皮肤的空　午夜之绿
绿如片片堆叠在妃子脚踝处的叶子
那人的宠爱　一场来自所有方向的沐浴
浇淋他的花　乳头的紫玉小碗斟满了
报复一个时间　大海沉积在色素里

一束郁金香一夜从女高音滑入女中音
今夜　霸道之美对称着流逝的诗意
妃子只为那人保存的幽香　只交给他把玩
紫色的慢慢粉碎　丝光停不住时

后宫里总有闪烁成一个蕊的磷光
一根针指挥着　肉体四季被演奏的欲望
一种镂空的剪裁　镂空至妃子的生死
壁纸蓝蓝如一次缝合所有伤痛的狂想
只一次　花影中日子咬下的牙印
就无限发暗　这夜色无限鲜嫩　刺绣到身上
原初那次　紫　像滴慢慢洇开的奶
慢慢被宇宙吸收　纵容那人的黄　那么黄
凝视中赐给妃子一个黑尽的语法
当花瓶像个词圆圆贴着手掌

在特朗斯特罗默墓前

北方结冰的海也坐在这张石凳上
默默地对视　留下冷的琥珀
一条风雪路也追着船头压进冰层的
碎裂声　我听见弹奏的左手
更慢了　一笔一画的签名像条海岸
横在大气里　蜡烛和白玫瑰仿佛刚刚
游出漆黑的海水　我听见碑文在问
托马斯　诗的洁癖能带我们到哪里去？
你皱着眉头盯住我的样子
就像我眼里堆满了水平线　总有一个人
被留下　穿过你复数的海继续夜航
托马斯　三月的泥土软了　墓碑
像无风带的帆　伦玛尔岛上的沉默
正带我们到哪里去？莫妮卡读懂了
退潮深处一双亮晶晶的回眸
一张石凳前　石头小栈桥打着旗语
舒伯特的忧伤过滤掉整整一世纪的杂质

斟入雾的忧伤　河口的忧伤　白皑皑

伸向对岸　水移动　我们知道冰下

你也在移动　一个新的故事紧挤着压舱石

2019 年 4 月 12 日

或从四面八方坍塌到我们头上的时光

韩退之中元节，

一

这里是潮州　退之退之　还能
退到哪里？你的脚边　大海积雪
这道蓝关是跨不过去的　你的衰朽
祭祀鳄鱼就落进鳄鱼嘴里
路八千像根卷尺　用一颗心的直径
收起长安　秦岭　十二岁女儿垂死的抽咽
退之退之　再退也退不出切齿的一步
每间驿站屋檐下的冷雨　浓缩成大海
苦咸的一滴　这里是潮州　潮流往复
朝夕之间　三月跋涉　八月蹉跎

一生的墓志铭写了又写
一把瘴江边的枯骨　挨近大海才认出
死亡之美无限远　心之茫茫
能退到哪里？一条海平线的关隘
垂直升高　无缝的绝路恰如绝命
退至此地　潮州是终点　人生
逼仄如海鸥不得不跳的断崖
跳入公元八一九年家何在的一问
海浪的鳞皮　披着鳄鱼恋恋不舍的饥饿的绿
等着你的雪意　星巉　重重叠叠
追上一株寂静婆娑在无数毁灭中的白千层[1]
向下长成一座深渊

二

向下再向下　谪贬的石阶
被海浪溅湿　冷冰冰倾斜
吞吐的鬼魂把诗人迎接
进这首诗　今夜是中元节

吞吐的岁月埋在浪花间
幽幽焚烧鬼火似的蓝
人形的纸灰忽明忽暗
诗　汲着血肉一点点丰满

①白千层：潮汕地区常见的树种，因其白绿色外皮层叠褴褛、四散披挂而得名。

你和我们　磨损到极致
是亲历一次隐秘的发育
九重葛像牌坊下黑艳的词
石板街湿漉漉擎出祭祀

两端都是过去　诗行肯定
鬼魂醒着　噩耗的眼睛
空茫瞪着空茫　从小山顶
眺望风雨飘洒的梦中梦

用心之玲珑　编大千的笼子
用死之幽幽抹平彼此
一千二百年　一次耽溺
青苔的　被害的　押韵的一侧

退无可退　这尸臭之美
细数潮满大江上的轮回
黑透的语法　拭着拭过的泪
一棵凤凰树锁定了文脉

一个喧嚣的　乌有的方向
坍塌打磨坍塌　海浪
砸碎海浪　漏下的时光
镌刻搂抱头颅的星光

中元节　鬼魂搂住鬼魂

俯瞰　被俯瞰　只一个古今

忍着将写下　早写下的眼神

晕眩的已知带我们沉沦

三

大海就像爱　铺开一大片阴影

不分前后　不分首尾　不分你我

仅剩下你我

蒙着兽皮蠢蠢移动

奇崛的装置　如四溢而只有一滴的日子

在潮州　韩昌黎集是一块边角磨亮的石板

你走过牌坊街　我走过牌坊街

鬼走过开元寺千年囤积的灰烬

抓起一把用乌有细细研磨的尽头

一只珊瑚钟不停拨回现在

石头走投无路　向内坍塌时

被自重压垮了　一枚空贝壳

剜出假盛唐的肉色

四面八方探出的铁钩子钩住你我

四面八方的死　钩住经典的含义
制作一只内脏那么完美的艺术

在潮州　十二个月的路口翻炒着栗子香
十二个月的海鲜桌上啐满了骸骨
你的沉吟也在咀嚼　潜入水下　血里
坍塌声在茶盏底部变黑变浓
退之　我是你的鬼　而你早已是我的
一种无力向前也不能向后的废弃
与逻辑无关　与尸骨雪白的想象有关
被放逐进诗的死角了
每个人的辞　精准地镶嵌命运
沦为小小　明亮的天涯

四面八方的时光　退无可退
逼入我们内心那唯一的天涯

在潮州　领受一头动物死而复生的爱
鼓胀　波荡　四面八方吸饱阴影
沉沦的三段论　粉碎的三段论
拍打进此刻　历史的命摸不到形状
人生的命徒留慨叹
语言的命是一次抽搐
喘息在皮肤下　一场台风也像伪造的雕花

戳疼从未被说出的　一种汹涌淹没你我
催生诗句的性欲　从海底潜望
千年在前　千年在后　蠕动的相思
一杯饮不尽的苦酒

巨浪　长出血淋淋的牛骨　哞哞叫的祭品
都回来

2019 年 6 月 20 日

梁小斌（1955年— ），安徽合肥人，朦胧诗代表诗人。1972年开始诗歌创作，他的诗《中国，我的钥匙丢了》《雪白的墙》被列为新时期朦胧诗代表诗作。著有诗集《少女军鼓队》，随笔集《肚子成蛹》《梁小斌如是说》，散文集《翻皮球》等。

中国，我的钥匙丢了

中国，我的钥匙丢了。

那是十多年前，
我沿着红色大街疯狂地奔跑，
我跑到了郊外的荒野上欢叫，
后来，
我的钥匙丢了。

心灵，苦难的心灵
不愿再流浪了，
我想回家
打开抽屉，翻一翻我儿童时代的画片，
还看一看那夹在书页里的
翠绿的三叶草。

而且，
我还想打开书橱，

取出一本《海涅歌谣》，
我要去约会，
我向她举起这本书，
作为我向蓝天发出的
爱情的信号。
这一切，
这美好的一切都无法办到，
中国，我的钥匙丢了。

天，又开始下雨，
我的钥匙啊，
你躺在哪里？
我想风雨腐蚀了你，
你已经锈迹斑斑了；
不，我不那样认为，
我要顽强地寻找，
希望能把你重新找到。

太阳啊，
你看见我的钥匙了吗？
愿你的光芒
为它热烈地照耀。

我在这广大的田野上行走，

我沿着心灵的足迹寻找，

那一切丢失了的，

我都在认真思考。

1979 年 12 月—1980 年 8 月

你让我一个人走进少女的内心

你让我一个人走进少女的内心
害羞的人们请在外面等我一会

让我大胆地走进去
去感受她那烫人的体温
和使我迷醉的喁喁私语
我还要沿着血液的河流
在她苗条的身体上旅行
我要和她拥抱得更紧
让女孩子也散发出男性气息

说吧，请告诉我
那在黑暗中孤独地徘徊的是谁
那由于痴情想奔向美丽星光的是谁

让我们一起走进少女的内心
并且别忘记带上两把明亮的火炬

让我们勇敢地走进去
去发现外面的世界还没有的珍奇
在这发源心脏的河畔
我一定会拾到一本书
这上面没有腐朽的教义
它启发我怎样和未来去亲吻
但愿我也有一颗女孩子的心

让整整一代人走进少女的内心吧
当我们再走出来
一定会感到青春充满着活力

1980 年

日环蚀

我在阳光下生长，
我体型健美时想观看太阳。
我收割麦子时想观看太阳。

按照最古老的方法，
我的像宽厚叶子的手放在额上，
我仍然无法看清太阳，
我的祖祖辈辈也眯缝着眼睛，
却常使他们热泪盈眶。

于是，沿着轨迹，
一轮月亮向太阳靠近。
慢慢地挡住它多余的光芒，
像一个光环，太阳呈现出它温柔的形象。

慢慢地我能抬头睁开眼睛，
像观看一颗麦粒那样，

形体饱满的太阳正在灌浆。

从祖先那里，我继承了对太阳的热爱，
面容情不自禁朝向温暖的地方，
大脑像地球一般充满岩浆般的思想。

1982 年

母语

我用我们民族的母语写诗
母语中出现土地、森林
和最简单的火
有些字令我感动
但我读不出声
我是一个见过两块大陆
和两种文字相互碰撞的诗人
为了找水
我曾经忘却了我留在沙滩上的
那些图案
母语河流中的扬子鳄
不会拖走它岸边的孩子
如今，我重新指向那些象形文字
我还在沙滩上画出水在潺潺流动的模样
我不用到另一块大陆去寻找点滴
还有太阳
我是活在我们民族母语中的

一个象形文字

我活着

我写诗

两种温暖

树根已经被劈成柴火就不能再劈了
劈树根的人先是蹲在树桩上琢磨
我不用火，这树根能否给我第一次的温暖
于是，他开始挥动斧头
树根的浆液却像火星一般溅到他身上
在他的棉袄上燃着
他只得脱去棉袄
而那正爬在地上睡着的长长根须
被斧头惊动后一跃而起
掠过滚动汗珠的白色脊背
他毫不退缩
伸展肢体
把这树根深藏着的温暖源泉全部汲取干净
柴火，就是树根暖意散尽后的残渣
面对着残渣
把这不能再劈的树根送给有壁炉的人家
壁炉里的火

像是被谁修剪过的红绸在悠扬地飘动

令壁炉外的人朝火走去

迎向红绸拂送出来的第二次温暖

他昏昏欲睡

握在手上的书烤热后掉到了地板上

如同沉重的红薯

主人惊醒后在问

这是什么火

一定已被谁嚼过了

这抽走了叶脉的红枫

红砂石建筑群

红砂石建筑群
是我身体裸露的部分

这里还没有来得及铺上草坪
那位黑裙子似的钢琴家神情迟疑

我帮你抬钢琴，女主人
你住在 10 楼，但不用担心这段距离

把这沉重的钢琴抬到楼上去
黑色高贵的皇后，此刻我是你的奴隶

因为我不去想象，钢琴在楼梯转弯处
将发出合理碰撞的声音

我只是极力想象，在键盘上一掠而过的手
被放到一个丰厚叶子似的嘴唇那里

在我流动的人生里
我从没有给钢琴做过奴隶

把这沉重的钢琴抬到楼上去
抬到一个可以自由弹奏的空间去

红砂石建筑群，是我扭曲自己的地方
梦幻般，红砂石建筑群

1984 年

说『剑』

利剑的作用是用来刺向铠甲后面的胸膛
在护心镜破碎之前
利剑永远活着的使命尚在期待

你可以试想
墓室主人为什么要把一柄利剑殉葬在身边
不，利剑并不具有殉葬的使命
它埋葬在地下也在梦想着杀机
一柄没有喋血的剑
大概不能叫作“剑”
剑的真实饱满需要被杀者与它共同完成
现在这个任务仍没有完成
我们所看到的所有的剑
均洋溢着一种僵持的风度
从什么角度可以证明
剑的使命尚未完成呢
我们从现在生活中的紧张心态中得到佐证

活在这个世界上的剑
什么时候达到了目的它才愿意静卧其间
剑刃眯缝眼睛
剑刃上的血比刀刃的光亮和剑柄上的
流苏更为重要
真正意义上的剑
应当磨损得消失殆尽化为一团云烟
我们应从刀痕上大致猜测
世界上曾经存在过一柄剑
它是什么模样
我们只能依据猜测画出

如同对龙的刻画那样
所以一个我们可以看得见的剑
一个以“出土文物”自居而又自称尚已生锈的剑
还没有真正体现出它的幻影特质
因为它能触手可摸
反倒证明它不是由幻影而来

我活在许多貌似出土文物
但并不是出土文物的剑的周围
至此你说
怎样才能结束一个剑的时代

1989 年

一种力量

打家具的人
隔着窗户扔给我一句话
快把斧头拿过来吧

刚才我还躺在沙发上长时间不动
我的身躯只是诗歌一行
木匠师傅给了我一个明确的
意向
令我改变姿态的那么
一种力量
我应该握住铁
斧柄朝上
像递礼品一样
把斧头递给他
那锋利的斧锋向我扫了一眼
木匠师傅慌忙用手
挡住它细细的光芒

我听到背后传来劈木头

的声音

木头像诗歌

顷刻间被劈成

两行

1991年

融化到此为止

我如同一块冰在大海上，
像是一块白色的光斑。
阳光对付冰，
根本用不着曝晒，
周围的空气，
还有暖暖的海水就可以使这块冰逐渐缩小，
最后消失在水天一色中，
消失在俗套的诗意中。
阳光靠近一点看，
这块冰在消失之前，
可能会像一条鱼那样翻动，
时而露出鱼肚白。
但这块冰只能变黑，
变得坚硬。
原来这冰块的内核是一块黑色石头，
上面刻着几个字：
融化到此为止。

在一条伟大河流的漩涡里

我在一条伟大河流的漩涡里喊过
救命
我已不在那声音的下面

开始我的声音只是喁喁私语
和我逐渐下沉的身体纠缠在一起
身体的旁边漂浮着木板
木板上放着默默无语的面包和盐
一声救命，是我向世界发出的心声
从太阳的舷窗里抖落出一根绳索
追向声音，追向这迫于灵魂的语汇
这能够在全世界流行的语言

当救生圈般的云朵向声音的发光之处
围拢过去
我已不在那声音的下面

2000 年

翟永明

翟永明（1955年—　），生于四川成都。曾供职某物理研究所。1984年其组诗《女人》以独特的语言与鲜有的女性立场震撼文坛。1998年于成都开设『白夜』酒吧文化沙龙。著有诗集《女人》《在一切玫瑰之上》《称之为一切》等，散文集《纸上建筑》等。

女人（组诗选三）

渴望

今晚所有的光只为你照亮
今晚你是一小块殖民地
久久停留，忧郁从你身体内
渗出，带着细腻的水滴

月亮像一团光洁芬芳的肉体
酣睡，发出诱人的气息
两个白昼夹着一个夜晚
在它们之间，你黑色眼圈
保持着欣喜

怎样的喧嚣堆积成我的身体
无法安慰，感到有某种物体将形成
梦中的墙壁发黑
使你看见三角形泛滥的影子
全身每个毛孔都张开

不可捉摸的意义
星星在夜空毫无人性地闪耀
而你的眼睛装满
来自远古的悲哀和快意

带着心满意足的创痛
你优美的注视中，有着恶魔的力量
使这一刻，成为无法抹掉的记忆

母亲

无力到达的地方太多了，脚在疼痛，母亲，你没有
教会我在贪婪的朝霞中染上古老的哀愁。我的心只
像你

你是我的母亲，我甚至是你的血液在黎明流出的
血泊中使你惊讶地看到你自己，你使我醒来

听到这世界的声音，你让我生下来，你让我与不幸
构成
这世界的可怕的双胞胎。多年来，我已记不得今夜
的哭声

那使你受孕的光芒，来得多么遥远，多么可疑，站
在生与死

之间，你的眼睛拥有黑暗而进入脚底的阴影何等沉重

在你怀抱之中，我曾露出谜底似的笑容，有谁知道
你让我以童贞方式领悟一切，但我却无动于衷

我把这世界当作处女，难道我对着你发出的
爽朗的笑声没有燃烧起足够的夏季吗？没有

我被遗弃在世上，只身一人，太阳的光线悲哀地
笼罩着我，当你俯身世界时是否知道你遗落了什么

岁月把我放在磨子里，让我亲眼看着自己被碾碎
呵，母亲，当我终于变得沉默，你是否为之欣喜

没有人知道我是怎样不着痕迹地爱你，这秘密
来自你的一部分，我的眼睛像两个伤口痛苦地望着你

活着为了活着，我自取灭亡，以对抗亘古已久的爱
一块石头被抛弃，直到像骨髓一样风干，这世界

有了孤儿，使一切祝福暴露无遗，然而谁最清楚
凡在母亲手上站过的人，终会因诞生而死去

独白

我，一个狂想，充满深渊的魅力
偶然被你诞生。泥土和天空
二者合一，你把我叫作女人
并强化了我的身体

我是软得像水的白色羽毛体
你把我捧在手上，我就容纳这个世界
穿着肉体凡胎，在阳光下
我是如此炫目，使你难以置信

我是最温柔最懂事的女人
看穿一切却愿分担一切
渴望一个冬天，一个巨大的黑夜
以心为界，我想握住你的手
但在你的面前我的姿态就是一种惨败

当你走时，我的痛苦
要把我的心从口中呕出
用爱杀死你，这是谁的禁忌
太阳为全世界升起！我只为了你
以最仇恨的柔情蜜意贯注你全身
从脚至顶，我有我的方式

一片呼救声，灵魂也能伸出手
大海作为我的血液就能把我
高举到落日脚下，有谁记得我
但我所记得的，绝不仅仅是一生

1983 年

静安庄（组诗选二）

第一月

仿佛早已存在，仿佛早已就绪
我走来，声音概不由己
它把我安顿在朝南的厢房

第一次来我就赶上漆黑的日子
到处都有脸型相像的小径
凉风吹得我苍白寂寞
玉米地在这种时刻精神抖擞
我来到这里，听到双鱼星的哞叫
又听见敏感的夜抖动不已

极小的草垛散布肃穆
脆弱唯一的云像孤独的野兽
蹑足走来，含有坏天气的味道

如同与我相逢成为值得理解的内心

鱼竿在水面滑动，忽明忽灭的油灯
热烈沙哑的狗吠使人默想
昨天巨大的风声似乎了解一切
不要容纳黑树
每个角落布置一次杀机
忍受布满人体的时刻
现在我可以无拘无束地成为月光

已婚夫妇梦中听见卯时雨水的声音
黑驴们靠着石磨商量明天
那里，阴阳混合的土地
对所有年月了如指掌

我听见公鸡打鸣
又听见轱辘打水的声音

第二月

从早到午，走遍整个村庄
我的脚听从地下的声音
让我到达沉默的深度
无论走到哪家门前，总有人站着
端着饭碗，有人摇着空空的摇篮
走过一堵又一堵墙，我的脚不着地
荒屋在那里穷凶极恶，积着薄薄红土

是什么挡住我如此温情的视线?
在蚂蚁的必死之路
脸上盖着树叶的人走来
向日葵被割掉头颅，粗糙糜烂的脖子
伸在天空下如同一排谎言
蓑衣装扮成神，夜里将作恶多端

寒食节出现的呼喊
村里人因抚慰死者而自我克制
我寻找，总带着未遂的笑容
内心伤口与他们的肉眼连成一线
怎样才能进入静安庄
尽管每天都有溺婴尸体和服毒的新娘

他们回来了，花朵列成纵队反抗
分娩的声音突然提高
感觉落日从里面崩溃
我在想：怎样才能进入
这时鸦雀无声的村庄

1988 年

孩子的时光

祖母和孩子坐在戏园
半世界苍髯浮生
半世界红粉佳人
让祖母惹动了痴心
在这小镇

虽然是夜晚
挑起了油灯　我的心
也随地毡翻滚
也随铙钹帮衬
青衣放开歌喉　口吐芬芳
她的小小折扇遮盖了她
凄楚的脸庞　流盼的波光

一样是半壁河山　晴天如洗
一样是祖母的小小戏园
伴我幼年

绕场台步　锦袖翻飞
满台月亮照不见一老一少
台上已过去千年
台下仍是一盏茶的时间
——真戏在做
假戏在演

虽然是夜晚
填起了花面
我的心
也随他“点绛唇”
也随他“醉高歌”
一声高腔　遏云绕梁的霓裳
将军听到了剑在匣中跳动
他看到了明天的战场

祖母抻了抻她的蓝布衣衫
长及膝盖　她的身段也缱绻
台上人轻装窄袖　一色的刘海
台下人击节轻叩　一齐的喝彩
祖母出神地倾听
想起了尚未出阁的当年

我只是个七岁的孩子

在台下游动

鼓点铿锵　我看到了死亡

才子与佳人　将军和勇士

以及冤死人的鬼魂

驾着长风　都在齐声合唱

青烟袅袅　水袖飘飘

缠住了我一生的目光

1993 年

建筑的故事

应该从一条溪流说起
它的名称它的草图
它户外的岩石与旋风
本地居民的情感原则

建筑师整天敲打他的铅笔
学生们整天敲打那些构筑材料
不知名的人整天敲打受伤的磐石

二月风暖我架起了测绘机器
我挑选了黄道吉日
建筑物在形成它的古典原型
动土的时机来临
打夯的时机来临
建筑师抬起眼睑，脚跟直立
聆听另一个诠释者的声音

木材是美丽的

烧窑的白色让我沉迷

蜘蛛网是愤怒的掩蔽所

玻璃像呼吸一样诞生

钢筋混凝土浇筑

阴阳两极的魂灵

建筑师对他的草图呵护备至

学生们轮流递上削好的铅笔

不知名的人在击碎的硝石上寻找静谧

三月风清，我带来本地的流水行云

窗户穿越工作者的灵魂

气候和风景浮上他的脑际

建筑师在保持他的空间经验

形式在朝着多变的方向迈进

升梁的时机来临

竖柱的时机来临

天光晒台向西悬挑

所有人关注一个建筑的

神秘时期而我关注

一个过去时代的方式

不是用笔不是用石材
而是用我的身体
在女墙上赤脚而行

1996 年

十四首素歌——致母亲（选二）

3. 黄河谣

母亲说："在那黄河边上
在河湾以南，在新种的小麦地旁
在路的尽端，是我们村"

在黄河岸　是谢庄
母亲姓谢　名讳
若香草和美人之称
她从坡脊走来

河流扩大
坡地不断坍塌　泥土
涌到对面的河滩之上
母亲说："我们的地在一点点失去"

于是就有了械斗、迁徙
就有了月黑风高时的抢劫

一个鬼魂的泅渡
就有了无数鬼魂的奢望

那些韶华红颜的年轻女孩
她们的爱人都已逝去
“在黄河上刮来刮去的寒风
每年刮着他们年轻的尸骨”

虽然河水枯黄、石滩粗糙
我的母亲出落得动人
她的脸像杏子
血色像桃花
当她走过坡脊
她是黄河上最可爱的事物
当她在河边赤脚踩踏衣服
一股寒意刺痛了岸边的小伙
使他们的内心一阵阵懊恼

我的四十岁比母亲来得更早
像鸟儿一只只飞走
那一年年熟视无睹的时间
我天生的忧伤锁在骨髓里
不被我身旁的年轻人所知
也不被睡在我身旁的人所察觉

我的四十岁比母亲来得更早

“什么样的男人是我们的将来？
什么样的男人使我们等至迟暮？
什么样的男人在我们得到时
与失去一样悲痛？
什么样的男人与我们的
睡眠和死亡为伴？”

我的母亲从坡脊上走来
夹着书包　还没有学会
一种适合她终身的爱　但
已经知道做女人的弊病
和恋爱中那些可耻的事情
她没有丝绸　身着麻布衣衫
谁看见她
谁就会忘记自己的一切

使遥远的事物变得悲哀
使美变得不可重复
使你变得不朽
时间的笔在急速滑动
产生字　就像那急速滑落的河滩上
倾斜如注的卵

不顾及新坟中死亡者的痛苦

流到东　流到南

又拍打到对面

不顾及人们为它死在两岸

14

于是谈到诗时　不再动摇：

——就如推动冰块

在酒杯四壁，赤脚跳跃

就如铙钹撞击它自己的两面

伤害　玻璃般的痛苦——

词、花容、和走投无路的爱

1996年7月—10月一稿

1996年11月10日二稿

潜水艇的悲伤

九点上班时
我准备好咖啡和笔墨
再探头看看远处打来
第几个风球
有用或无用时
我的潜水艇都在值班
铅灰的身体
躲在风平的浅水塘

开头我想这样写：
如今战争已不太来到
如今诅咒　也换了方式
当我监听　能听见
碎银子哗哗流动的声音

鲜红的海鲜　仍使我倾心
艰难世事中　它愈发通红

我们吃它　掌握信息的手在穿梭
当我开始写　我看见
可爱的鱼　包围了造船厂
国有企业的烂账　以及
邻国经济的萧瑟　还有
小姐们趋时的妆容
这些不稳定的收据　包围了
我的浅水塘

于是我这样写道
还是看看
我的潜水艇　最新在何处下水
在谁的血管里泊靠
追星族，酷族，迪厅的重金属
分析了写作的潜望镜

酒精，营养，高热量
好像介词，代词，感叹词
锁住我的皮肤成分
潜水艇　它要一直潜到海底
紧急　但又无用地下潜
再没有一个口令可以支使它

从前我写过　现在还这样写

都如此不适宜了
你还在造你的潜水艇
它是战争的纪念碑
它是战争的坟墓　它将长眠海底
但它又是离我们越来越远的
适宜幽闭的心境

正如你所看到的
现在　我已造好潜水艇
可是　水在哪儿
水在世界上拍打
现在　我必须造水
为每一件事物的悲伤
制造它不可多得的完美

1999年

在古代

在古代，我只能这样
给你写信，并不知道
我们下一次，会在哪里见面
现在，我往你的邮箱
灌满了群星
它们都是五笔字型
它们站起来，为你奔跑
它们停泊在天上的某处
我并不关心
在古代，青山严格地存在
当绿水醉倒在他的脚下
我们只不过抱一抱拳，彼此
就知道后会有期
现在，你在天上飞来飞去
群星满天跑
碰到你，就像碰到疼处
它们像无数的补丁，去堵截

一个蓝色屏幕
它们并不歇斯底里
在古代，人们要写多少首诗
才能变成崂山道士，穿过墙
穿过空气
再穿过一杯竹叶青
抓住你
更多的时候
他们头破血流，倒地不起
现在，你正拨一个手机号码
它发送上万种味道
它灌入了某个人的体香
当某个部位颤抖，全世界都颤抖
在古代，我们并不这样
我们只是并肩策马，走几十里地
当耳环叮当作响，你微微一笑
低头间，我们又走了几十里地

新天鹅湖

舞台上，又搭好了云梯
男人们背着牛奶罐列队前行
这是他们惯有的战争场面

另一面，天鹅们也搭好了树巢
他们的四肢软软地搭下
这是他们喜爱的温柔场面

男人喜欢到处藏着枪
从腋下到底下　在全世界晃荡
男人也喜欢穿各类防弹背心
从胸前到裆前
把他们的幻想压扁了

年轻的男人就要起飞了
他们的八块肌肉　惹火得
像八片嘴唇

他们的黑色头皮与
长绒短裤帅呆了

年轻的男人只穿着羽毛
只骑在月亮的背上
只把身体递给
长翅膀的另一个家伙

八块肌肉的男人
皮肤渗出汗味　烟味和臭味
天知道为什么　他们
不是为我们准备的

2001 年 5 月 19 日

顾城

顾城（1956 年—1993 年），原籍上海，生于北京。中国朦胧诗派的重要代表。7 岁开始写作生涯，给各个报社杂志投稿。1987 年开始游历欧洲做文化交流，1988 年起隐居新西兰激流岛。著有诗集《黑眼睛》《顾城新诗自选集》《顾城童话寓言诗选》《顾城诗全编》等，小说《英儿》等。

种子的梦想

种子在冻土里梦想春天。

它梦见——
龙钟的冬神下葬了，
彩色的地平线上走来了少年；

它梦见——
自己颤动地舒展着腰身，
长睫旁闪耀着露滴的银钻；

它梦见——
伴娘蝴蝶轻轻吻它，
蚕姐姐张开了新房的金幔；

它梦见——
无数儿女睁开了稚气的眼睛，

就像月亮身边的万千星点……

种子啊，在冻土里梦想春天，

它的头顶覆盖着一块巨大的石板。

1979 年 1 月

田埂

路是这样窄么？
只是一脉田埂。
拥攘而沉默的苜蓿，
禁止并肩而行。

如果你跟我走，
就会数我的脚印；

如果我跟你走，
就会看你的背影。

1980 年 6 月

我总觉得

我总觉得，
星星曾生长在一起，
像一串绿葡萄，
因为天体的转动，
滚落到四方。

我总觉得，
人类曾聚集在一起，
像一碟小彩豆，
因为陆地的破裂，
迸溅到各方。

我总觉得，
心灵曾依恋在一起，
像一窝野蜜蜂，
因为生活的风暴，
飞散在远方。

1980 年 6 月

在夕光里

在夕光里，
你把嘴紧紧抿起：
“只有一刻钟了”
就是说　现在上演悲剧。

“要相隔十年　百年！”
“相距千里　万里！”
忽然你顽皮地一笑，
暴露了真实的年纪。

“话忘了一句。”
“嗯　肯定忘了一句。”
我们始终没有想出
太阳却已悄悄安息。

1980 年 6 月

自信

你说
再不把必然相信
再不察看指纹
攥起小小的拳头
再不相信

眯着眼睛
独自在落叶的路上穿过
让那些悠闲的风
在身后吃惊

你骄傲地走着
一切已经决定
走着
好像身后
跟着一个沮丧得不敢哭泣的孩子
他叫命运

1980 年 7 月

信念

土地上生长着信念，
有多少秋天，就有多少春天。

是象就要长牙，
是蝉就要振弦。

我将重临这个世界，
我是一道光线，
也是一缕青烟。

1980 年 8 月

一盏灯 我们去寻找

走了那么远
我们去寻找一盏灯

你说
它在窗帘后面
被纯白的墙壁围绕
从黄昏迁来的野花
将变成另一种颜色

走了那么远
我们去寻找一盏灯

你说
它在一个微小的站上
注视着周围的荒草
让列车静静驰过
带走温和的记忆

走了那么远
我们去寻找一盏灯

你说
它就在大海旁边
像金橘那么美丽
所有喜欢它的孩子
都将在早晨长大

走了那么远
我们去寻找一盏灯

1980 年 12 月

假如

假如钟声响了
就请用羽毛
把我安葬
我将在冥夜中
编织一对
巨大的翅膀
在我眷恋的祖国上空
继续飞翔

1981 年 2 月

歧视

走累了

走进深秋

寺院间泛滥的落叶

把我覆盖

多想跌倒

在喧哗中

没入永恒之海

多想，爱

等到骨头变白

让手和头发

到白蒙蒙的雨中去旅行

让手握着手

静静地变成骨骸

1981 年 6 月

我的心爱着世界

我的心爱着世界
爱着，在一个冬天的夜晚
轻轻吻她，像一片纯净的
野火，吻着全部草地
草地是温暖的，在尽头
有一片冰湖，湖底睡着鲈鱼

我的心爱着世界
她溶化了，像一朵霜花
溶进了我的血液，她
亲切地流着，从海洋流向
高山，流着，使眼睛变得蔚蓝
使早晨变得红润

我的心爱着世界
我爱着，用我的血液为她
画像，可爱的侧面像

玉米和群星的珠串不再闪耀

有些人疲倦了，转过头去

转过头去，去欣赏一张广告

1981 年 6 月

不是再见

我们告别了两年
告别的结果
总是再见
今夜，你真要走了
真的走了，不是再见

还需要什么
手凉凉的，没有手绢
是信么？信
在那个纸叠的世界里
有一座我们的花园

我们曾在花园里游玩
在干净的台阶上画着图案
我们和图案一起跳舞
跳着，忘记了天是黑的
巨大的火星还在缓缓旋转

现在，还是让火焰读完吧
它明亮地微笑着
多么温暖
我多想你再看我一下
然而，没有，烟在飘散

你走吧，爱还没有烧完
路还可以看见
走吧，越走越远
当一切在虫鸣中消失
你就会看见黎明的栅栏

请打开那栅栏的门扇
静静地站着，站着
像花朵那样安眠
你将在静默中得到太阳
得到太阳，这就是我的祝愿

1981 年 10 月

你喜欢歌谣

你喜欢歌谣　孩子
这歌是唱给你的
这漂亮的蜜色的火焰
一次次被秋天吹动

早晨干净得像一块玻璃
上边有水亮着
开始还不知道呢
为你在树林里唱歌
唱过的树都倒了

花开如火　也如寂寞

1991 年 9 月

欧阳江河（1956年— ），原名江河，生于四川省泸州市，诗人、诗学家、音乐家及文化批评家。1975年高中毕业后下乡插队，不久到军队服役。1979年开始发表诗歌作品，1983年至1984年，创作了长诗《悬棺》，1986年到四川省社科院工作。1993年至1997年初在美国生活，现定居北京。著有诗集《透过词语的玻璃》《江南引》，诗及诗学论文集《谁去谁留》，评论集《站在虚构这边》等。

公开的独白

我死了，你们还活着。
你们不认识我如同你们不认识世界。

我的遗容化作不朽的面具，
迫使你们彼此相似：
没有自己，也没有他人。

我祝福过的每一棵苹果树都长成秋天，
结出更多的苹果和饥饿。

你们看见的每一只飞鸟都是我的灵魂。
我布下的阴影比一切光明更肯定。

我真正的葬身之地是在书卷，
在那儿，你们的名字如同多余的字母，
被轻轻抹去。

所有的眼睛只为一瞥而睁开，
没有我的歌，你们不会有嘴唇。

而你们传唱并将继续传唱的
只是无边的寂静，不是歌。

1986 年 10 月 3 日

纸上的秋天

秋天和月亮来到纸上。
分手的人们相见如初，
重新迷恋日出时的理想，
日落时散步，叹息天空的深邃。

这是一个正在结束的秋天，
但在开始之前，有更远的开始
通向一个尚未开始的纪念。
那儿，墨水被秋风写遍。

而我微笑着，吹去眼中之灰烬，
以一本书的速度阅读暗物质，
快到天明时，停住，回眸，
白雪和沥青夺眶而下。

未来因古代而灿烂，
城市从肉体流向笔端。

但在乡村，在今天的去年，
婴孩和果实不停地掉落。

种子无声，随意挥洒，
星空像旷野一样有人走动。
尽管秋色吹皱了千里外的笛子，
我还是能听到光，寂静，或逝者。

1986年10月16日成都

玻璃工厂

1

从看见到看见，中间只有玻璃。
从脸到脸
隔开是看不见的。
在玻璃中，物质并不透明。
整个玻璃工厂是一只巨大的眼珠，
劳动是其中最黑的部分，
它的白天在事物的核心闪耀。
事物坚持了最初的泪水，
就像鸟在一片纯光中坚持了阴影。
以黑暗方式收回光芒，然后奉献。
在到处都是玻璃的地方，
玻璃已经不是它自己，而是
一种精神。
就像到处都是空气，空气近于不存在。

2

工厂附近是大海。

对水的认识就是对玻璃的认识。

凝固，寒冷，易碎，

这些都是透明的代价。

透明是一种神秘的、能看见波浪的语言，

我在说出它的时候已经脱离了它，

脱离了杯子、茶几、穿衣镜，所有这些

具体的、成批生产的物质。

但我又置身于物质的包围之中，

生命被欲望充满。

语言溢出，枯竭，在透明之前。

语言就是飞翔，就是

以空旷对空旷，以闪电对闪电。

如此多的天空在飞鸟的躯体之外，

而一只孤鸟的影子

可以是光在海上的轻轻的擦痕。

有什么东西从玻璃上划过，比影子更轻，

比切口更深，比刀锋更难逾越。

裂缝是看不见的。

3

我来了，我看见了，我说出。

语言和时间浑浊，泥沙俱下。

一片盲目从中心散开。
同样的经验也发生在玻璃内部。
火焰的呼吸，火焰的心脏。
所谓玻璃就是水在火焰里改变态度，
就是两种精神相遇，
两次毁灭进入同一永生。
水经过火焰变成玻璃，
变成零度以下的冷峻的燃烧，
像一个真理或一种感情，
浅显，清晰，拒绝流动。
在果实里，在大海深处，水从不流动。

4

那么这就是我看到的玻璃——
依旧是石头，但已不再坚固。
依旧是火焰，但已不复温暖。
依旧是水，但既不柔软也不流逝。
它是一些伤口但从不流血。
它是一种声音但从不经过寂静。
从失去到失去，这就是玻璃。
语言和时间透明，
付出高代价。

5

在同一工厂我看见三种玻璃：
物态的，装饰的，象征的。
人们告诉我玻璃的父亲是一些混乱的石头。
在石头的空虚里，死亡并非终结，
而是一种可改变的原始的事实。
石头粉碎，玻璃诞生。
这是真实的。但还有另一种真实
把我引入另一种境界：从高处到高处。
在那种真实里玻璃仅仅是水，是已经
或正在变硬的、有骨头的、泼不掉的水，
而火焰是彻骨的寒冷，
并且最美丽的也最容易破碎。
世间一切崇高的事物，以及
事物的眼泪。

1987 年

让我在黑暗中独自待上片刻

这里的海洋天长地久，那里的鱼饵
像星星的晚餐悬在空中
这么多负重而发光的天体
只在掉落的瞬间才改变面目
引起鱼儿的一点惊异
它们举头看见了漫天的流星
看见别的大海，堆积在白云里的
排浪，这逶迤的台阶，扬起渔网
直到鳞片和泡沫扑灭肉体
直到阴影在一声尖叫中蓦然站起
我曾经是光的沉溺者，星象的透露者
憎恨黑暗怒斥黑暗，但是现在
让我在黑暗中独自待上片刻

1987 年

寂静

站在冬天的橡树下我停止了歌唱
橡树遮蔽的天空像一夜大雪骤然落下
下了一夜的雪在早晨停住
曾经歌唱过的黑马没有归来
黑马的眼睛一片漆黑
黑马眼里的空旷草原积满泪水
岁月在其中黑到了尽头
狂风把黑马吹到天上
狂风把白骨吹进果实
狂风中的橡树就要被连根拔起

1990 年 9 月 4 日

哈姆雷特

在一个角色里待久了会显得孤立。
但这只是鬼魂，面具后面的呼吸，
对于到处传来的掌声他听到的太多，
尽管越来越宁静的天空丝毫不起波浪。

他来到舞台当中，灯光一起亮了。
他内心的黑暗对我们始终是个谜。
衰老的人不在镜中仍然是衰老的，
而在老人中老去的是一个多么美的美少年！

美迫使他为自己的孤立辩护，
尤其是那种受到器官催促的美。
紧接着美受到催促的是篡位者的步伐，
是否一个死人在我们身上践踏他？

关于死亡，人们只能试着像在早晨一样生活
（如果花朵能够试着像雪崩一样开放。）

庞大的宫廷乐队与迷迭香的层层叶子
缠绕在一起，歌剧的嗓子恢复了从前的厌倦。

暴风雨像漏斗和漩涡越来越小，
它的汇合点直达一个帝国的腐朽根基。
正如双子星座的变体登上剑刃高处，
从不吹拂舞台之外那些秋风萧瑟的头颅。

舞台周围的风景带有纯粹肉体的虚构性。
旁观者从中获得了无法施展的愤怒，
当一个死人中的年轻人被鞭子反过来抽打，
当他穿过血淋淋的统治变得热泪滚滚。

而我们也将长久地、不能抑制地痛哭。
对于我们身上被突然唤起的死人的力量，
天空下面的草地是多么宁静，
在草地上漫步的人是多么幸福，多么蠢。

1994 年 12 月 8 日

去雅典的鞋子

这地方已经待够了。
总得去一趟雅典——
多年来，你赤脚在田野里行走。
梦中人留下一双去雅典的鞋子，
你却在纽约把它脱下。

在纽约街头你开鞋店，
贩卖家乡人懒散的手工活路，
贩卖他们从动物换来的脚印，
从春天树木砍下来的双腿——
这一切对文明是有吸引力的。

但是尤利西斯的鞋子
未必适合你梦想中的美国，
也未必适合观光时代的雅典之旅。
那样的鞋子穿在脚上
未必会使文明人走向荷马。

他们不会用砍伐的树木行走，
也不会花钱去买死人的鞋子，
即使花掉的是死人的金钱。
一双气味扰人的鞋要走出多远
才能长出适合它的双脚？

关掉你的鞋店。请想象
巨兽穿上彬彬有礼的鞋
去赴中产阶级的体面晚餐。
请想象一只孤零零的芭蕾舞脚尖
在巨兽的不眠夜踞起。

请想象一个人失去双腿之后
仍然在奔跑。雅典远在千里之外。
哦孤独的长跑者：多年来
他的假肢有力地敲打大地，
他的鞋子在深渊飞翔——

你未必希望那是雅典之旅的鞋子。

1995 年 2 月 9 日

一分钟，天人老矣

一分钟后，自行车老了。
你以为穿裤子的云骑车比步行快些吗？
你以为穿裙子的雨是一个中学教员吗？
一分钟，能念完小学就够了。
一分钟北大，念了两分钟小学。
一分钟英文课，讲了两分钟汉语。
一分钟当代史，两分钟在古代。
半封建的一分钟。半殖民的一分钟。孔仲尼
或社会主义的一分钟。
一分钟，够你念完博士吗？
一小时，一学期，一年或一百年
　都在这一分钟里。
即使是劳力士金表也不能使这一分钟片刻停顿。
春的一分钟，上了发条就是秋天了。
要是思春的国学教授不戴瑞士表
戴国产表会不会神游太虚？
　一分钟后，的士老了。

公交车的一分钟，半分钟堵了一千年。
北京市的一分钟，半分钟在昌平县。
美国梦的一分钟，半分钟是中国造。
全球通的一分钟，半分钟就挂断了。
这喂的一分钟，HELLO 的一分钟。
　宇宙
在注册过的苹果里变小了，变甜了。
咬了一口的苹果，符合
本地人对全球化的看法。就这一点点甜，
苹果西红柿在里面，印度咖喱，意大利奶酪
全在里面了。
贝克汉姆也在里面。
一分钟辣妹，甜了半分钟。
一分钟快感，慢了半分钟。
一分钟 OK，卡拉了半分钟。
一分钟，歌都老了，不唱也罢。
但是从没唱过的歌怎么也老了？
叫我拿那些来不及卡拉
就已经 OK 的异乡人怎么办呢？
过了一分钟，火车老了。
又过了一分钟，航空班机也老了。
你以为一分钟的烤鸡翅
能使啃过的食物全都飞起吗？
一分钟，用来爱一个女人不够，

爱两个或更多的女人却足够了。

一分钟落日，多出一分钟晨曦。

一分钟今生，欠下一分钟来世。

一分钟，天人老矣。

2005 年 1 月 7 日

霍金花园

1

老相册

黑鸦没有右手，却有两只左手
手与手隔世相握， 桃花换了人面
换谁都是两手空空
天人对坐，催促灰心
影子从屋顶明月缓缓降下
这埋入土地的天空呵
一大片黑影子扑腾着白雪的翅膀
一枚分币敲打安息日的心
在底片上，黑鸦像个职业摄影师
对着一场大雪，按下阳光的快门
谁将这无人的椅子坐在花里
谁命令我坐下，命令一百年的雪坐下
夏天过去了。乌鸦和雪还坐在那里
而我坐过的椅子上坐着一个无人

2

开耳

钥匙从天上掉到地上的声音
捡起来一听
里面有个上了锁的歌
甚至从未打开过自己的囚徒
也在转动这片钥匙
试图打开被锁死的上帝
甚至闪闪烁烁的萤火虫
也从耳朵监狱的内部
点亮了一个天听透雕
有人在途穷处偷听这个天听
有人将手的日子往耳朵里塞
有人捂住转世的耳朵
天上的钢琴掉落下来
砸到童子功头上落花纷纷
十万个琴师的头上只有这一个灵童呵
每个天才的身边都坐着一个账房先生
我看到物质之美的孤立
我听到采采卷耳在发愣
迷魂被销魂一弹，顿时断魂
你得弯曲直觉才有听觉
你得走出听觉才能听到黑暗
你得待在黑暗中才能开耳

因为众人身上的耳朵皆是聋子
一种静极的发自子宫的声音
如同被哑巴所唱出

3

字非心象
天下读书人中有一个不识字的
但他会写，把书里的字写在滔滔江水上
把废字和哑字写入鸟嘴
把缺腿的字写成鸟爪
又从鸟浮提炼出字的菩提
他提着众花的头颅去见世面
开败了字的花儿妙笔
他看不见自己身上的高山流水
因为所有的清水浊水
都与雾豹和经卷混在一起
人的一生中写了多少错字呵
木简的字，以金文一写竟成天命
而一个古人风雅就风雅在
能以二王的字写下一张欠条
能把甲骨文写得如一只螃蟹
能把螃蟹爪子掰下来当钳子使
石碑里的鸟兽之身已非今世
多少个青蛙王子隐身于蝌蚪文

童心和童子手端坐在莲花上
邪恶也坐得端端正正
善，竟如佛骨一样盘卷坐起
又随日常万念化为无形
气息相吹，舞之蹈之
心之所是成为它所不是的
但那并非心象，而只是个执迷

4

霍金花园

水墨的月亮来到纸上。
这古人的，没喷过杀虫剂
的纸月亮呵。
一个化身为夜雾的偷花贼
在深夜的花园里睡着了。
他梦见自己身上的另一个人
被花偷去，开了一小会儿。
……这片刻开花，
一千年过去了。
没人知道这些花儿的真身，
是庄子，还是陶渊明。
借月光而读的书生呵，
竟没读出花的暗喻。
古人今人以花眼对看。

而佛眼所见，一直是个盲人。
从花之眼飞出十万只萤火虫，
漫天星星落掉在草地上。
没了星星的纽扣，花儿与核弹，
还能彼此穿上云的衣裳吗？
云世界，周身都是虫洞，
却浑然不觉时间已被漏掉。
偷花人，要是你突然醒来，
就提着词的灯笼步入星空吧。

2016 年 7 月 31 日

王家新

王家新（1957年— ），生于湖北丹江口，诗人、诗歌评论家。毕业于武汉大学中文系，毕业后从事过教师、编辑等职业，现为中国人民大学文学院教授。著有诗集《纪念》《游动的悬崖》《王家新的诗》等，诗论随笔集《夜莺在它自己的时代》《取道斯德哥尔摩》等，译作《叶芝诗选》（卷一）、《保罗·策兰诗文选》等。

潮汐

月光下
大海涌起爱的潮汐

月亮离地球越近
大海越是激荡不息
那一层又一层的潮汐呵
涌向了海滩
苦苦地寻觅……

月亮因羞涩而脸红了
——虽然大海并不曾
把她的嘴唇轻轻吮吸
大海呵
只是从月亮的流照那里
得到了一种深深的激励
那雪白的、爱的潮汐
一排升腾起来

一排又跌落下去
——就这样来回往返
生生不息……

可是，要接近月亮
却是不可能的
——大海知道这个
于是把月的倩影
默默地带回到海心的深处
像为了孕育珍珠的贝壳
夹进一粒沙子
又旋即紧紧地合闭
——只给观潮者
留下一个永恒的谜

这是沉默
又是默许

1980 年

土地

最深沉的乡愁召唤着我
——当我特别想家的时候
我就穿过城市，穿过
雾和高楼的庞大压力
我来了！在一个四野茫茫
谁也看不见的地方
一下子跪下，迸着热泪
化入了来自地心的吸力……
哦，我没有家吗？世界
却变得像摇篮一样温存
一群群红蜻蜓被我惊起
又嗡嗡地遮住了我的秘密……
就这样待一会儿，我又走了
——朴素的衣襟随风荡漾
我带回了旷野的赠予……

1982 年

中国画（组诗）

山水人物

不是隐士，不是神
你浑然坐忘于山林之间
如一突出的石头

来路早已消失，而木杖
被你随手一丢
遂成身之外的一片疏林

一千个秋天就这样过去
而谁能以手敲响时间，把你
从静静的画框里唤醒

鱼

鱼在纸上
一条鱼，从画师的笔下
给我带来了河流

就是这条鱼

从深深的静默中升起

它穿过宋元、龙门

和墨绿的荷叶

向我摇曳而来

淙淙地，鱼儿来了

而在它突然的凝望下

干枯的我

被渐渐带进了河流……

雪意

雪后。雪在对山上

突然呈现出松林的葱茏

且使我

看清崖石之黑色

哦，需要凝聚起

整个世界的宁静，才能

在这一刻

深深地画出光的呼吸

是谁从雪地上嚓嚓走过

遂惊醒
灵魂又返回自身……

暝泊

从夕阳那里顺流漂来
一转弯，泊在山镇之下
泊于渐浓的黄昏
而雾，在这时升起……

系缆在徐徐的晚风上
让小船轻点，再轻一点
而且，为了这内心的喜悦
画师呵，泼下如梦的墨吧

于是，夜降临
而隐现于暝色中的舟子
在这时举起杯来，开始
向岸上的第一盏灯火
遥遥地祝福

空白

你画出了山，画出了云
但这空白处
你迟迟不愿下笔

是怕触醒什么吗
也许，这是一个谜中的谜
一个正在梦着的梦

于是，你绕开了一步
而使岩松伸开双臂
向着这虚空……

晚亭

从你的笔下
一座晚亭渐渐耸上峰顶
归人在路上
夕光明灭于远方的层林

再添上几笔，你便去了
而那被画出的石凳
从此替你期待着来人

而我真想登临此亭
让一条条道路自亭下展开
远远地追寻你的足迹

哦，大师！如今谁知道

这座亭子从何而来

但见飞檐从暮色中翘起

恰如一只鹤

正欲向天外飞去

1984 年

风景

旷野
散发着热气的石头
一棵树。马的鬃毛迎面拂起
骑者孤单地躺到树下
夕阳在远山仍无声地燃烧

一到夜里
满地的石头都将活动起来
比那树下的人
更具生命

1985年

预感

一夜风吹
风哐哐地扑打门窗
风从远方而来，转瞬把一座座城市
裹进宇宙的大气流里

这时房子在漂流，你的灵魂
开始漂流

你干脆熄了灯，不再写诗
回到黑暗中
让诗来写你
让风把你随便带到一个什么地方
你听到无数声音，经历了
一个又一个世纪
最后在一个看不见的地方
在自己的肋骨深处，听到
风在拔着树木的根

一下，又一下

你躲不开了

秋天终于找到了你

第二天，醒来

推门见满地簌簌的落叶

你已形同老人

1986 年

蝎子

翻遍满山的石头
不见一只蝎子：这是小时候
哪一年、哪一天的事
如今我回到这座山上
早年的松树已经粗大，就在
岩石的裂缝和红褐色中
一只蝎子翘起尾巴
向我走来

与蝎子对视
顷刻间我就成为它脚下的石沙

1987 年

练习曲

整个夜晚雨下个不停
那阵阵声响，在门口移动、离开

又一再地返回
如果我关掉灯
雨顷刻就走进来，湿淋淋的

整个夜晚我辗转难眠
我知道有一个在这里睡着，就必定
会有另一个在街上走着
裹着一件旧雨衣
他走着，停着，来来回回地
沉重的脚步分开雨水……

整个夜晚雨声宣泄不停
在街上一会儿分开，一会儿聚集
在下水道的入口彻夜不息

雨雾中灯朦胧。现在

雨更大了，它挪动、倾下
加深着秋天
但是另一个人仍在街上走着
没有他，雨声不会响起
而双手不会伸向稿纸
我不会写下这痛苦的诗句

1988 年

什么地方

山谷中充满了雪，岩石开始裸露
就在我们去年走过的路上
开出了杜鹃

一声鸟鸣，扩开了整个天空
我们对尚未到来的事物说
来吧！我们在这里

生命是一道山坡
向阳的地方辉耀着阳光，那样明亮
但是现在
我们被冬天的精神充满
我们仍在山谷里走着

不知从什么时候开始
也从不到达

1988 年

瓦雷金诺叙事曲

——给帕斯捷尔纳克

蜡烛在燃烧，

冬天里的诗人在写作；

整个俄罗斯疲倦了，

又一场暴风雪

止息于他的笔尖下；

静静的夜，

谁在此时醒着，

谁都会惊讶于这苦难世界的美丽

和它片刻的安宁；

也许，你是幸福的——

命运夺去一切，却把一张

松木桌子留了下来，

这就够了。

作为这个时代的诗人已别无他求。

何况还有一份沉重的生活，

熟睡的妻子，
这个宁静冬夜的忧伤，
写吧，诗人，就像不朽的普希金
让金子一样的诗句出现，
把苦难转变为音乐……
蜡烛在燃烧，
蜡烛在松木桌子上燃烧；
突然，就在笔尖的沙沙声中
出现了死一样的寂静
——有什么正从雪地上传来，
那样凄厉，
不祥……
诗人不安起来。欢快的语言
收缩着它的节奏。
但是，他怎忍心在这首诗中
混入狼群的粗重鼻息？
他怎能让死亡
冒犯这晶莹发蓝的一切？
笔在抵抗，
而诗人是对的。
我们为什么不能在这严酷的年代
享有一个美好的夜晚？
为什么不能变得安然一点，
以我们的写作，把这逼近的死

再一次地推迟下去?
闪闪运转的星空,
一个相信艺术高于一切的诗人,
请让他抹去悲剧的乐音!
当他睡去的时候,
松木桌子上,应有一首诗落成,
精美如一件素洁绣品……
蜡烛在燃烧,
诗人的笔重又在纸上疾驰,
诗句跳跃,
忽略着命运的提醒。
然而,狼群在长啸,
狼群在逼近;
诗人!为什么这凄厉的声音
就不能加入你诗歌的乐章?
为什么要把人与兽的殊死搏斗
留在一个睡不稳的梦中?
纯洁的诗人!你在诗中省略的,
会在生存中
更为狰狞地显露,
那是一排闪光的狼牙,它将切断
一个人的生活,
它已经为你在近处张开。
不祥的噩兆!

一首孱弱的诗，又怎能减缓
这巨大的恐惧？
诗人放下了笔。
从雪夜的深处，从一个词
到另一个词的间歇中，
狼的嗥叫传来，无可阻止地
传来……
蜡烛在燃烧，
我们怎能写作？
当语言无法分担事物的沉重，
当我们永远也说不清，
那一声凄厉的哀鸣
是来自屋外的雪野，还是
来自我们的内心……

1989 年冬

骆一禾

骆一禾（1961 年—1989 年），北京人。小时随父母去河南农村淮河平原接受启蒙教育，1979 年进入北京大学中国语言文学系。1984 年任北京《十月》杂志编辑。1989 年骆一禾死于脑溢血，年仅 28 岁。1990 年，春风文艺出版社出版了他的长诗《世界的血》。另著有诗集《骆一禾诗全编》。

青草

那诱发我的
是青草
是新生时候的香味

那些又名山板栗和山白果的草木
那些榛实可以入药的草木
那抱茎而生的游冬
那可以通血的药材　明目益精的贞蔚草
年轻的红
那些济贫救饥的老苦菜
夏天的时候金黄的花朵飘洒了一地

我们完全是旧人
我们每年的冬末都要死去一次
渐渐地变红
听季节在蟋蟀中鸣叫

而我们年复一年领略女子的美
花萼四裂
花冠像漏斗一样四裂
开裂的花片反卷
白色微黄　有着漆黑的种子
子房和花柱遍布着年轻的茸毛

因为青草
我们当中的人得以不被饿死
妻子在苿苜的筐子里度过了难产
她们的胶质
使丝织品泛映光泽

你该爱这青草
你该看望这大地
当我在山冈上眺望她时
她正穿上新衣裳

1981 年 12 月 1 日

生日

虽然我们也有不幸
我们最美好的
还在燃烧
还在放出光辉

举杯吧
这是一个生日
这一天大海上有蜻蜓在飞
每一只都有翠绿的翅膀
每一只蜻蜓
都一直向前
都不在气流中倒退

歌唱吧
这是一个生日
在今天歌唱的
再也不会忍受苦难
在今天歌唱的

都有草地一样的声音

黑眼睛的生日蜡烛
会给我们无边的晴朗
明天
晴朗会舒展开雨丝的睫毛
森林会白雪消融
春天会诞生一颗小小的星星
每一个黎明
都要像雕像一样高耸

为我们的生日
为我们的青春
为我们永不熄灭的过去、未来和现在
祝布娃娃一样大胆的女孩子健康
祝你们永远这样小
小得这样大
人们可以永远地爱
永远不会失去欢乐的面容
祝男孩子们健康
他们是古怪的青铜
生来就是严峻和永恒
天生就闪耀着勇敢的微笑

1982 年

曙光三女神

我如巨人
有神明那样的饥渴
却又浑身滋生陶土　隐藏着你
酿造飞翔的胎体　那美和泥炭的胚子

那呼之欲出的　那旋流的时光　性灵与胸怀
你祝福于我　降生于我
我林立于风暴的中心
大团的气流呼啸
水气和尘埃自我的河流激荡
我怀恋你的地名
你浑身的大火
你手掌上痛苦的眼睛

高高地扬起巨轮
扬起那惝恍亘古的形象
向高空延展

面对深渊　水碾投下漫长的阴影
人类坚韧不拔

或在泥中　或在水中
或在鲜艳殷红的谷子里
我经受群龙无首
乱成惊醒恋人的火山
巨石熔化
闪光的肉体在怒吼中围困
滚动着炽爱者与劳动者的汗水
扶助着奔逃

我若是战争
该不会惆怅或登高望远
游魂疾走
我的心情迸裂
并在破犁　原子　花粉或尘埃中
长成夺目的灵魂

如今你碧绿了
你这么年轻
令我仰首遥看
一线清水
便从高广的天空注入我的眼睛

如果说
我爱世界
我本是世界的燃料
那世界也就是我的燃烧
当万物烧灼之时
它不再陷入万物有类的界限
万物是很孤独的
我们都被吞没

而我怎能忍看历史的铜版
沉重地掠夺你曙光般的身体
向你索取　占有和蚕食
并使你在永生中被命运抹平
你活动的颈项
如一弯新月
从围歼中发出一声叫喊——

“我是人
我在这儿呢！”

海像我一样催动

我不停止

我疲倦得好像一座城门
我定定地站在天空对面　像一个敌手
一手抓着一捧泥土
泥土是满捧的动物
我将洞开我的熔岩　我的深渊
我心里那通红的
至高无上的原浆
沉思地打开那沸动的煤矿
在火焰中
大块地翻滚　并且露天

我清晰地看到你
欢笑像一种干净的动物
一种灿烂的火苗
连贯着完整的　无辜的动作
你站在那里
用生灵的双脚　挥动着
生灵的双手
放下人类的粮食
喝民间的水
跳火焰的舞蹈
像夜晚一样入睡

我就是大地上的　炽烈的火焰

焚烧着　自焚着
穿过一切又熔合一切　不同于一切
我自我震颤的形态
如冲腾的无物之物
如一团燃烧的、飞旋的子夜
我就是那个叫作：焚
的性命，一道自强的光明

我将久久地焚烧着
父性短暂　剧烈而易死
倾听你的潮声起伏不宁
并把创造中的冲动释放在心脏里
在这齐声呼喊的时候
不能看到理想
我感到阵阵心痛
而伟大的幻想　伟大的激情
都只属于个人
随身而来　随身而去
每个世纪都有人摸索它　由此竭尽
哪一首血写的诗歌
不是热血自焚

我感到地下的千泓清水
在火中炼血

在我的眼神里摇漾

并有千只动物大声奔逸

一种光明的固体　阳光激荡

在我的胸底错杂着巨蹄

把我冲倒

把我踝碎

一片朝霞正汹涌奔腾

1986 年 7 月 31 日

大河

在那个时候我们驾着大船驶过河流
在清晨
在那个时候我们的衣领陈旧而干净
那个时候我们不知疲倦
那是我们年轻的时候
我们只身一人
我们也不要工钱
喝河里的水
迎着天上的太阳
蓝色的门廊不住开合
涂满红漆的轮片在身后挥动
甲板上拥挤不堪
陌不相识的人们倒在一起沉睡
那时候我们没有家
只有一扇窗户
我们没有经验
我们还远远没有懂得它

生着老锈的锋利的船头漂着水沫

风吹得面颊生疼

在天篷上入睡的时候眼帘像燃烧一样

我们一动不动地

看着在白天的绿荫下发黑的河湾

浓烈的薄荷一闪而过

划开肉体

积雪在大路上一下子就黑了

我们仰首喝水

饮着大河的光泽

1987 年 3 月 7 日

麦地

——致乡土中国

我们来到这座雪后的村庄
麦子抽穗的村庄
冰冻的雪水滤下小麦一样的身子
在拂晓里　她说
不久，我还真是一个农民的女儿呢

那些麦穗的好日子
这时候正轻轻地碰撞我们
麦地有神，麦地有神
就像我们盛开花朵

麦地在山丘下一望无际
我们在山丘上穿起裸麦的衣裳
迎着地球走下斜坡
我们如此贴近麦地

那一天蛇在天堂里颤抖

在震怒中冰凉无言 享有智谋
是麦地让泪水汇入泥土
尝到生活的滋味

大海边人民的衣服
也是风吹天堂的
麦地的衣服
麦地的滚动
是我们相识的波动
怀孕的颤抖
也就是火苗穿过麦地的颤抖

1987 年 11 月 15 日

白虎（节选）

白虎停止了，白虎飞回去了
白虎的声音飞过北方，飞过冬日和典籍
浸入黄麻多刺的血迹
飞回去了

这是漫长和悠久
大地上成活的人们灾难而美
绿色血液随风起伏
灯和亚洲在劫
装满了白虎的车子

这一年的春天雨水不祥，日日甘美
家乡的头颅远行万里
白昼分外夺目
冬天所结束的典籍盛大笔直

1988 年 11 月 19 日

久唱——与克兰神游

麦地
雨来的时候闪光
彩虹来的时候彩虹闪光
大太阳
我在麦地正中端坐
我的恩人也闪耀着光芒
大太阳

四匹骏马在大路上奔驰
道路呵，道路呵
你要把所有的人带向何方
四匹骏马
四个麦地的方向

我们能把你带到哪里
我们能把你带到哪里
所有的人

我的血浆在热烈的丝帕上向外喷射
我的心房在河面上激流滚滚

在天上的光芒四射
在地上的热烈可亲
刀子割下的良心，那原来的空中花园
麦地，我乡村的部落
你在哪儿呵
你怎不叫我世代的诗人如焚

诉诸所有人的忧伤久唱
风吹麦地
风在道路上久久怀念可爱的家乡

1988 年 11 月 19 日

灿烂平息

这一年的春天的雷暴
不会将我们轻轻放过
天堂四周万物生长，天堂也在生长
松林茂密
生长密不可分
留下天堂，秋天肃杀，
今年让庄稼挥霍在土地
我不收割
留下天堂，身临其境
秋天歌唱，满脸是家乡灯火
这一年春天的雷暴不会将我们轻轻放过

1989 年 5 月 10 日

巴赫的十二圣咏

最少听见声音的人被声音感动
最少听见声音的人成了声音
头上是巴赫的十二圣咏
是头和数学
沿着黄金风管满身流血

巴赫的十二圣咏
拔下雷霆的塞子，这星座的音乐
给生命倒酒
放下了呼吸，在
谁的肋骨里倾注了基础的声音
在晨曦的景色里
这是谁的灵魂？在谁的
最少听见声音的耳鼓里
敲响的火在倒下来

巴赫的十二圣咏遇见了金子

谁的手斧第一安睡
空荡荡的房中只有远处的十二只耳朵
在火之后万里雷鸣

我对巴赫的十二圣咏说
从此再不过昌平。
巴赫的十二圣咏从王的手上
拿下十二支雷管

1989 年 5 月 11 日

为美而想

在五月里一块大岩石旁边
我想到美
河流不远，靠在一块紫色的大岩石旁边
我想到美。雷电闪在这离寂静不远的
地方
有一片晒烫的地衣
闪耀着翅膀
在暴力中吸上岩层
那只在深红色五月的青苔上
孜孜不倦的工蜂
是背着美的呀

在五月的一块大岩石的旁边
我感到岩石下面的目的
有一层沉思在为美而冥想

张枣

张枣（1962年—2010年），湖南长沙人。诗人、学者和诗歌翻译家。先后就读于湖南师范大学和四川外国语学院。1986年赴德留学获文哲博士学位。回国后在河南大学、中央民族大学任教，诗坛『巴蜀五君子』之一。著有诗集《春秋来信》《张枣的诗》，译作《史蒂文斯诗文集》，随笔《张枣随笔选》。

镜中

只要想起一生中后悔的事
梅花便落了下来
比如看她游泳到河的另一岸
比如登上一株松木梯子
危险的事固然美丽
不如看她骑马归来
面颊温暖
羞惭。低下头，回答着皇帝
一面镜子永远等候她
让她坐到镜中常坐的地方
望着窗外，只要想起一生中后悔的事
梅花便落满了南山

1984 年

何人斯

究竟那是什么人？在外面的声音
只可能在外面。你的心地幽深莫测
青苔的井边有棵铁树，进了门
为何你不来找我，只是溜向
悬满干鱼的木梁下，我们曾经
一同结网，你钟爱过跟水波说话的我
你此刻追踪的是什么？
为何对我如此暴虐

我们有时也背靠着背，韶华流水
我抚平你额上的皱纹，手掌因编织
而温暖；你和我本来是一件东西
享受另一件东西：纸窗、星宿和锅
谁使眼睛昏花
一片雪花转成两片雪花
鲜鱼开了膛，血腥淋漓；你进门
为何不来问寒问暖

冷冰冰地溜动，门外的山丘缄默

这是我钟情的第十个月
我的光阴嫁给了一个影子
我咬一口自己摘来的鲜桃，让你
清洁的牙齿也尝一口，甜润得
让你也全身膨胀如感激
为何只有你说话的声音
不见你遗留的晚餐皮果
空空的外衣留着灰垢
不见你的脸，香烟袅袅上升
你没有脸对人，对我？

究竟那是什么人？一切变迁
皆从手指开始。伐木丁丁，想起
你的那些姿势，一个风暴便灌满了楼阁
疾风紧张而突兀
不在北边也不在南边
我们的甬道冷得酸心刺骨

你要是正缓缓向前行进
马匹悠懒，六根辔绳积满阴天
你要是正匆匆向前行进
马匹婉转，长鞭飞扬

二月开白花，你逃也逃不脱，你在哪儿休息
哪儿就被我守望着。你若告诉我
你的双臂怎样垂落，我就会告诉你
你将怎样再一次招手；你若告诉我
你看见什么东西正在消逝
我就会告诉你，你是哪一个

秋天的戏剧

1

去秋我把他们写得芬芳清晰
守在某棵月桂下，各司其职
他们没有哪点冷落过我，也依稀
听闻过我的名姓，我依恋过
其中的某些面孔，对于别些个
他们的怯懦和不幸，我也多少抱有怜悯
今年这时节落叶纷纷，回头四顾
泥泞的道上又新添了几场霏雪

2

我潜心做着语言的试验
一遍又一遍地，我默念着誓言
我让冲突发生在体内的节奏中
睫毛与嘴角最小的蠕动，可以代替
从前的利剑和一次钟情，主角在一个地方
可以一步不挪，或者偶尔出没

我便赋予其真实的声响和空气的震动
变凉的物体间，让他们加厚衣襟，痛定思痛

3

他们改不了这样或那样的习惯
而我甚是苛求，其实我也知道孰能无过
念错一句热爱的话语又算什么？
只是习惯太深，他们甚至不会打量别人
秋声簌簌，更不会为别人的幸福而打动
为别人的泪花而奔赴约会。我不能
怎么也不能改变他们；明镜的孤独中
他们的固执成了我深深的梦寐

4

那一个，那幼稚母亲的掌上明珠，她的光彩
竟使我的敌人倾倒，致使他变本加厉
日复一日把我逼近令她心碎的角隅
我们都心碎了，啊，雾中的孩子
你怎么一点也没有想过悲惨的结局呢？
我不能给你留下什么；你会成为厚厚的书籍
你会叫我避讳某些词汇，呵，你，我雾中的亲人
死守在白玉中要看我怎样偃旗息鼓

5

还有你，纯洁的朗读，我病中的水果

我自己也是水果依偎你秋天的气味

醉心于影子和明净空气中的衣裳

你会念念不忘我这双手指，而他们

却酿成了新的胁迫，命运弦上最敏感的音节

瞧瞧我们怎样更换着：你与我，我与陌生的心

唉，一地之于另一地是多么虚幻

6

你又带了什么消息，我和谐的伴侣

急躁的性格，像今天傍晚的西风

一路风尘仆仆，只为一句忘却的话

贫困而又生动，是夜半星星的密谈者

是的，东西比我们富于耐心

而我们比别人更富于果敢

在这个坚韧的世界上来来往往

你，连同你的书，都会磨成芬芳的尘埃

7

你是我最新的朋友（也许最后一个）

与我的父母踏着同一步伐成长

而你的脸，却反映出异样的风貌

我喜欢你等待我的样子，这天凉的季节

我们紧握的手也一天天变凉
你把我介绍成一扇温和的门，而进去后
却是你自己饰满陌生礼品的房间
我们同看一朵花瓣的时候，不知你怎么想

8

这夜晚风声加紧，你们来到我的心中
代替了我设想的动作，也代替了书桌前的我
让我变成了一个欲言不能的影子
日子会一天天变美，洁白无瑕，正像
我们心目中的任何一件小东西
活着？活着就是改掉缺点
就是走向英勇的高处，在落叶纷纷中
依然保持我们躯体的崇高和健全

深秋的故事

向深秋再走几日
我就会接近她震悚的背影
她开口说江南如一棵树
我眼前的景色便开始结果
开始迢递；呵，她所说的那种季候
仿佛正对着逆流而上的某个人
开花，并穿越信誓的拱桥

落下一片叶
就知道是甲子年
我身边的老人们
菊花般升腾，坠地
情人们的地方蚕食其他的地方
她便说江南如她的发型
没有雨天，纸片都叠成了乳燕

而我渐渐登上了晴朗的梯子

诗行中有栏杆，我眼前的地图
开始飘零，收敛
我用手指清理着落花
一遍又一遍地叨念自己的名字，仿佛

那有着许多小石桥的江南
我哪天会经过，正如同
经过她寂静的耳畔
她的袖口藏着皎美的气候
而整个那地方
也会在她的脸上张望
也许我们不会惊动那些老人们
他们菊花般升腾坠地
清晰并且芬芳

楚王梦雨

我要衔接过去一个人的梦，
纷纷雨滴同享的一朵闲云；
我的心儿要跳得同样迷乱，
宫殿春叶般生，酒沫鱼样跃，
让那个对饮的，也举落我的手。
我的手扪脉，空亭吐纳云雾，
我的梦正梦见另一个梦呢。

枯木上的灵芝，水腰系上绢帛，
西边的飞蛾探听夕照的虚实。
它们刚辞别幽所，必定见过
那个一直轻呼我名字的人，
那个可能鸣翔，也可能开落，
给人佩玉，又叫人狐疑的空址。
她的践约可能是澌澌潮湿的。

真奇怪，雨滴还未发落的前夕，

我已感到了周身潮湿呢：
青翠的竹子可以拧出水，
山谷来的风吹入它们的内心，
而我的耳朵似乎飞到了半空，
或者是凝伫了而燃烧吧，燃烧那个
一直戏睡在里面，那湫隘的人。

还燃烧她的耳朵，烧成灰烟，
决不叫她偷听我心的饥饿。
你看，这醉我的世界含满了酒，
竹子也含了晨曦和岁月。
它们萧萧的声音多痛，多痛，
愈痛我愈要剥它，剥成七孔，
那么我的痛也是世界的痛。

请你不要再聆听我了，莫名的人。
我知道你在某处，隔风嬉戏。
空白的梦中之梦，假的荷叶，
令我彻夜难眠的住址。
如果雨滴有你，火焰岂不是我？
人神道殊，而殊途同归，
我要，我要，爱上你神的热泪。

海底被囚的魔王

一百年后我又等待一千年；几千年
过去了，海面仍漂泛我无力的诺言

帆船更换了姿态驶向惆怅的海岸
飞鸟一代代衰老了，返回不死的太阳

人的尸首如邪恶的珠宝盘旋下沉
乌贼鱼优哉游哉，梦着陆地上的明灯

这海底好比一只古代的鼻子
天天嗅着那囚得我变形了的瓶子

看看我的世界吧，这些剪纸，这些贴花
懒洋洋的假东西；哦，让我死吧

有一天大海晴朗地上下打开，我读到
那个像我的渔夫，我便朝我倾身走来

望远镜

我们的望远镜像五月的一支歌谣
鲜花般地讴歌你走来时的静寂
它看见世界把自己缩小又缩小，并将
距离化成一片晚风，夜莺的一点泪滴

它看见生命多么浩大，呵，不，它是闻到了
这一切；迷途的玫瑰正找回来
像你一样奔赴幽会；岁月正脱离
一部痛苦的书，并把自己交给浏亮的雨后的

长笛；呵，快一点，再快一点，越阡度陌
不再被别的什么耽延；让它更紧张地
闻着，呓语着你浴后的耳环发鬓
请让水抵达天堂，飞鸣的箭不再自已

啊，无穷的山水，你腕上羞怯的脉搏

神的望远镜像五月的一支歌谣

看见我们更清晰，更集中，永远是孩子

神的望远镜还听见我们海誓山盟

边缘

像只西红柿躲在秤的边上，他总是
躺着。有什么闪过，警告或燕子，但他
一动不动，守在小东西的旁边。秒针移到
十点整，闹钟便邈然离去了；一支烟
也走了，携着几副变了形的蓝色手铐。
他的眼镜，云，德国锁。总之，没走的
都走了。
空，变大。他隔得更远，但总在
某个边缘：齿轮的边上，水的边上，他自个儿的
边上。他时不时望着天，食指向上，
练着细瘦而谵狂的书法："回来"！
果真，那些走了样的都又返回了原样：
新区的窗满是晚风，月亮酿着一大桶金啤酒；
秤，猛地倾斜，那儿，无限，
像一头息怒的狮子
卧到这只西红柿的身边。

祖母

1

她的清晨，我在西边正憋着午夜。

她起床，叠好被子，去堤岸练仙鹤拳。

迷雾的翅膀激荡，河像一根傲骨

于冰封中收敛起一切不可见的仪典。

“空”，她冲天一唳，“而不只是

肉身，灌满了这些姿势”；她蓦地收功，

原型般凝定于一点，一个被发明的中心。

2

给那一切不可见的，注射一针共鸣剂，

以便地球上的窗户一齐敞开。

以便我端坐不倦，眼睛凑近

显微镜，逼视一个细胞里的众说纷纭

和它的螺旋体，那里面，谁正头戴矿灯，

一层层挖向莫名的尽头。星星，

太空的胎儿，汇聚在耳鸣中，以便

物，膨胀，排他，又被眼睛切分成
原子，夸克和无穷尽？
以便这一幕本身
也演变成一个细胞，地球似的细胞，
搏动在那冥冥浩渺者的显微镜下：一个
母性的，湿腻的，被分泌的“O”；以便

室内满是星期三。
眼睛，脱离幻境，掠过桌面的金鱼缸
和灯影下暴君模样的套层玩偶，嵌入
夜之阑珊。

3
夜里的中午，春风猝起。我祖母
走在回居民点的路上，篮子里满是青菜和蛋。
四周，吊车鹤立。忍着嬉笑的小偷翻窗而入，
去偷她的桃木匣子；他闯祸，以便与我们
对称成三个点，协调在某个突破之中。
圆。

西川

西川（1963年— ），原名刘军，生于江苏。诗人、散文和随笔作家、翻译家、文化学者，1985年毕业于北京大学英文系。曾任纽约大学东亚系访问教授、加拿大维多利亚大学写作系奥赖恩访问艺术家、北京中央美术学院人文学院教授、校图书馆馆长，现为北京师范大学特聘教授。著有诗文集《深浅》《够一梦》，专论《唐诗的读法》，译著《米沃什词典》《博尔赫斯谈话录》等。

起风

起风以前树林一片寂静
起风以前阳光和云影
容易被忽略仿佛它们没有
存在的必要
起风以前穿过树林的人
是没有记忆的人
一个遁世者
起风以前说不准
是冬天的风刮得更凶
还是夏天的风刮得更凶

我有三年未到过那片树林
我走到那里在起风以后

1986 年 5 月

死豹

棕黄色的豹子
尾巴敲打着落满青苔的
山岩，敲打着
我的手掌

它移动，像一座花园在移动
野生的葡萄珠
在风中滚动，而羞涩的
百里香射出苍白的光芒

没有运动的肉体
我们不能称之为肉体
这只年迈的豹子，轻柔地飘移
流水般疏懒，放松警惕

我听到水的泠泠声在我的手掌上
从它的脚下渗出在我的手掌上

水声激荡结疤的红霞
而它的眼睛里一片安详

现在，它要按自己的方式死去
让背上的花园
攫住一寸泥土开出绚烂的花
它的尾巴敲打山岩

敲打我大天使绿色的手掌
花呀水呀，山岩退后
幻影出现
它在我绿色的手掌上安眠

从此我据有一块琥珀垂挂腰间
而它本是大地的宝藏

1986 年 5 月

民歌[①]

我怀疑一切民歌都浸透了凌晨的寒冷；
在鸡啼声里，我怀疑一切民歌都道出了
大地深层的寂寞。

破败的庙宇一团漆黑。
绵羊梦见了早餐和交配。
而生长于大地的民歌
是星光下拒绝收割的田野。

一个嘶哑的嗓子在歌唱，以风声为间歇，
恰好被我听到，
我怀疑那是田野或山梁的嗓子；

我甚至怀疑自己是否真的听到了民歌，
因为在这样一个寒冷的凌晨，
没有人的面孔、胸腔和嘴；

①陕北。黎明。从黑暗到黑暗的旷野。寒星。山峰构成的北方。黄河冲出草原所运来的浮冰。落差。忽悠一下的心。我起早赶路。小镇边缘坚硬的面孔。厄运。贴地飞行的第一只乌鸦。厄运。追踪猎物的跛腿狗。待发的长途汽车。睡眼惺忪的司机。一个小贩。两个农民。一个地方政府办事员。两个孩子和三个母亲。少许的炉火。咒骂和寒冷。岁月的语言。被征服的铁。异乡人随遇而安的感受。异乡人见机行事的愚蠢。门外的冬季。无人认领的羊皮。披着羊皮的狼。门外的风。一阵嘈杂的脚步。风中破碎的歌声。从绥德到吕梁。一个普通的日子。140华里的山区公路。第一道晨光。感动。我听到民歌。

因为当旭日东升，
什么歌声都不再飘扬，
只有一只铁犁，像一只高大的乌鸦，
兀立在田野。

1987 年 2 月，1989 年 2 月

把羊群赶下大海

请把羊群赶下大海，牧羊人，
请把世界留给石头——
黑夜的石头，在天空它们便是
璀璨的群星，你不会看见。

请把羊群赶下大海，牧羊人，
让大海从最底层掀起波澜。
海滨低地似乌云一般旷远，
剩下孤单的我们，在另一个世界面前。

凌厉的海风。你脸上的盐。
伟大的太阳在沉船的深渊。
灯塔走向大海，水上起了火焰
海岬以西河流的声音低缓。

告别昨天的一场大雨，
承受黑夜的压力、恐怖的摧残。

沉寂的树木接住波涛，

海岬以东汇合着我们两人的夏天。

因为我站在道路的尽头发现

你是唯一可以走近的人；

我为你的羊群祝福：把它们赶下大海

我们相识在这一带荒凉的海岸。

1987 年 9 月

一个人老了

一个人老了，在目光和谈吐之间，
在黄瓜和茶叶之间，
像烟上升，像水下降。黑暗迫近。
在黑暗之间，白了头发，脱了牙齿。
像旧时代的一段逸闻，
像戏曲中的一个配角。一个人老了。

秋天的大幕沉重地落下。
露水是凉的。音乐一意孤行。
他看到落伍的大雁、熄灭的火、
庸才、静止的机器、未完成的画像，
当青年恋人们走远，一个人老了，
飞鸟转移了视线。

他有了足够的经验评判善恶，
但是机会在减少，像沙子
滑下宽大的指缝，而门在闭合。
一个青年活在他身体之中；

他说话是灵魂附体，
他抓住的行人是稻草。

有人造屋，有人绣花，有人下赌。
生命的大风吹出世界的精神，
唯有老年人能看出这其中的摧毁。
一个人老了，徘徊于
昔日的大街。偶尔停步，
便有落叶飘来，要将他遮盖。

更多的声音挤进耳朵，
像他整个身躯将挤进一只小木盒；
那是一系列游戏的结束：
藏起失败，藏起成功。
在房梁上，在树洞里，他已藏好
张张纸条，写满爱情和痛苦。

要他收获已不可能。
要他脱身已不可能。
一个人老了，重返童年时光，
然后像动物一样死亡。他的骨头
已足够坚硬，撑得起历史，
让后人把不属于他的箴言刻上。

1991年4月

平原

在平原上走了很远
歇脚时第一个愿望是洗洗袜子，把它们晾干

平原上连人类的灵魂都是平坦的
树木直立的灵魂必是不同的灵魂

自甘堕落在平原上
好比麦子自甘成熟在平原上

当庄稼成熟时你无动于衷就是犯罪
当乡民们发呆你不发呆就是犯罪

母鸡在平原上下蛋
我在平原上支起一口锅。点火

需要谨慎对待黑暗
尤其是黑暗中传得太远的狗吠和鸟鸣

一千里的大雨，必有人被困在其中
勉强工作的电视机正播放一万里以外的新闻

转身，并不意味着回家
回家，并不意味着家还在原来的地方

把自己甩在身后也就是把厄运甩在身后
我为自己发明了这场游戏

我在荞麦皮枕头上动动脑袋
荞麦皮发出声音，这是平原的几乎听不见的声音

在平原上梦见平原是平常的事
在平原上梦见孔子就像孔子梦见周公一样不平常

2002 年 7 月

蚊子志

一万只蚊子团结成一只老虎，减少至九千只团结成一只豹子，减少至八千只团结成一只走不动的黑猩猩。而一只蚊子就是一只蚊子。

一只吸血的蚊子，母蚊子，与水蛭、吸血鬼同归一类，还可加上吸血的官僚、地主、资本家。天下生物若按饮食习惯分类，可分为食肉者、食草者和吸血者。

在历史的缝隙间，到处是蚊子。它们见证乃至参与过砍头、车裂、黄河决堤、卖儿卖女，只是二十四部断代史中没有一节述及蚊子。

我们今天撞上的蚊子，其祖先可追溯至女娲的时代。(女娲，美女也，至少《封神演义》中有此一说。女娲性喜蚊子，但《封神演义》中无此一说。)

但一只蚊子的寿限，几乎在一个日出与日落之间，或两个日出与日落之间，因此一只蚊子生平平均可见到四五个人或二三十口猪或一匹马。这意味着蚊子从未建立起有关善恶的观念。

有人不开窗，不开门，害怕进蚊子，他其实是被蚊子所拘禁。有人不得不上街头的厕所，当他被蚊子叮咬，他发现虽奇痒但似乎尚可容忍。

我来到世上的目的之一，便是被蚊子叮咬。它们在我的皮肤上扎进针管，它们在我的影子里相约纳凉，它们在我有毒的呼吸里昏死过去。

深夜，一个躺在床上半睡半醒的人自打耳光。他不是在反省，而是听见了蚊子的嗡嗡声。他的力量用得越大，他打死蚊子的几率越高，听起来他的自责越严厉。

那么蚊子死后变成谁？一个在我面前嗡嗡乱飞的人，他的前世必是一只蚊子。有些小女孩生得过于瘦小，我们通常也称她们为“蚊子”。

保护大自然，就是保护蚊子及其他，其中包括疟疾之神。保护大自然，同时加快清凉油制造业。就是努力将蚊子驱赶出大自然。但事实证明这极其困难。

把蚊子带上飞机，带上火车，带往异国他乡，能够加深我们的思乡之情，增强我们对于大地的认同感。每一次打开行李箱，都会飞出一只蚊子。

蚊子落过和蚊子不曾落过的地方，看上去没有区别，就像小偷摸过和小偷不曾摸过的地方，看上去也没有区别。细察小偷的行迹，放大镜里看见一只死去的蚊子。

2003 年 1 月

思想练习

尼采说“重估一切价值”，那就让我们重估这一把牙刷的价值吧。牙刷也许不是牙刷？或牙刷也许并不仅仅是牙刷？如果我们拒绝重估牙刷的价值，我们就是重估了尼采的价值。

尼采思想，这让我们思想时有点恬不知耻。但难道我们不是在恬不知耻地模仿鸟雀歌唱，恬不知耻地模仿白云沉默？难道我们不是在恬不知耻地恬不知耻？

有时即使我们想不出个所以然，我们也假装思想，就像一只苍蝇从一个字爬到另一个字，假装能够读懂一首诗。许多人假装思想，这说明思想是一件美丽的事。

但秃子不需要梳子，老虎不需要兵器，傻瓜不需要思想。一个无所需要的人几乎是一个圣人，但圣人也需要去数一数铁桥上巨大的铆钉用以消遣。这是圣人与傻瓜的区别。

尼采说一个人必须每天发现二十四条真理才能睡个好觉。但首先，一个人不应该发现那么多真理，以免真理在这世上供大于求；其次，一个人发现那么多真理就别想睡觉。

所以我敢肯定，尼采是一个从未睡过觉的人；或即使他睡着了，他也是在梦游。一个梦游者从不会遇上另一个梦游者。尼采从未遇到过上帝，所以他宣告“上帝死了”。

那么尼采遇到过王国维吗？没有。遇到过鲁迅吗？没有。遇到过我这个恬不知耻的人吗？也没有。所以尼采这个人或许并不存在，就像“灵魂”这个词或许并无所指。

思想有如飞翔，而飞翔令人晕眩，这是我有时不愿意思想的原因。思想有如恶习，而恶习让人体会到生活的有滋有味，这是我有时愿意思想的原因。

我要求萝卜、白菜与我一同思想，我要求鸡鸭牛羊与我一同思想。思想是一种欲望，我要求所有的禁欲主义者承认这一点，我也要求所有的纵欲主义者认识到这一点。

那些运动员，运动，运动，直到把自己运动垮了为止。那些看到太多事物的人，只好变成瞎子。为了停止思想，你只好拼命思想。思想到变成一个白痴，也算没有白白托生为一个人。

穷尽一个人，这是尼采的工作。穷尽一个人，就是让他变成超人，就是让他拔掉所有的避雷针，并且把自己像避雷针一样挑在大地之上。

关于思想的原则：1. 在闹市上思想是一回事，在溪水边思想是另一回事。2. 思想不是填空练习，思想是另起炉灶。3. 思想到极致的人，即使他悲观厌世，他也会独自鼓掌大笑。

2004 年 2 月 20 日

连阴雨

不是长头发——是长毛——是石头上长毛　是面包上长毛
是连阴雨
是连阴雨让　衣服长毛　心灵长毛——这是衰朽的内驱力
让木头长出蘑菇　让口腔长出溃疡——同一种力量

让爱长毛——爱　不是需要毛吗？
让抒情长毛——这才能显现出不长毛的抒情——中老年的抒情

长毛就是长醭——我妈说　就是发霉——我爸说
长毛在瓦片上　在夜晚 11 点以后的街道上
钟表的嘀嗒声——
雨说话的哑嗓子——

长出犯罪者　徘徊者　犹豫不决者——这是连阴雨
的效果

淋湿的女人——

80天的连阴雨——还不算长久
80天的连阴雨覆盖30万平方公里的土地和大海——
还不算广大

淋湿的女人孤独而可怜——

是连阴雨　让鞋子进水　湿了袜子——脚冰凉
然后水推进在人的身体里
从下往上　顶到大脑——那里一片汪洋
连阴雨下在汪洋大海之上——货船驶向亚洲——雨
下在日本的庭院里

有人老去　在中国——
雨下在远离岸边的工厂里　下在乡下
厨房的屋檐上　水滴滴个不停——饭菜备好　在不
好不坏的年头

在不好不坏的年头产生不好不坏的念头——
有人死去
运气不好的人　不甘心　遂移居到城里——半个人
不认识

穷人和富人　长一样的毛
但富人并不担心——可以扔掉长毛的东西——不包
括他们自己
好经济和坏经济　长一样的毛
但好经济知道　怎样做长毛的生意——

能够避开连阴雨的事物　避不开长毛
愤愤不平者的诅咒——

内在的生活膨胀——
海鸥和乌鸦　个头巨大——
小超市里的黄瓜　个头巨大——这是连阴雨的缘
故吗?

门轴膨胀——开门的声音——狗乱叫
狗乱叫的内驱力　也就是楼上脚步声的内驱力
也就是衰朽的内驱力——朝向死亡的内驱力

表现在连阴雨之中　就是长毛

就是秃顶的人不长头发而长毛——这也就是新生
发霉然后新生——
在雨中——

这是连阴雨的力量，看吧——

2009年10月19日维多利亚

悼念之问题

一只蚂蚁死去，无人悼念
一只鸟死去，无人悼念除非是朱鹮
一只猴子死去，猴子们悼念它
一只猴子死去，天灵盖被人撬开
一条鲨鱼死去，另一条鲨鱼继续奔游
一只老虎死去，有人悼念是悼念自己
一个人死去，有人悼念有人不悼念
一个人死去，有人悼念有人甚至鼓掌
一代人死去，下一代基本不悼念
一个国家死去，常常只留下逸事
连逸事都不留下的定非真正的国家
若非真正的国家，它死去无人悼念
无人悼念，风就白白地刮
河就白白地流，白白地冲刷岩石
白白地运动波光，白白地制造浪沫
河死去，轮不到人来悼念
风死去，轮不到人来悼念

河与风相伴到大海，大海广阔如庄子

广阔的大海死去，你也得死

龙王爷死去，你也得死

月亮不悼念，月亮上无人

星星不悼念，星星不是血肉

2014 年 11 月 11 日

海子（1964年—1989年），原名查海生，出生于安徽省怀宁县高河镇查湾村，当代青年诗人。海子1979年15岁时考入北京大学法律系，1982年大学期间开始诗歌创作，1983年自北大毕业后分配至北京中国政法大学哲学教研室工作，1989年3月26日在山海关附近卧轨自杀，年仅25岁。

阿尔的太阳——给我的瘦哥哥

一切我所向着自然创作的，是栗子，从火中取出来的。啊，那些不信仰太阳的人是背弃了神的人。

到南方去
到南方去
你的血液里没有情人和春天
没有月亮
面包甚至都不够
朋友更少
只有一群苦痛的孩子，吞噬一切
瘦哥哥凡·高，凡·高啊
从地下强劲喷出的
火山一样不计后果的
是丝杉和麦田
还是你自己
喷出多余的活命的时间
其实，你的一只眼睛就可以照亮世界

但你还要使用第三只眼，阿尔的太阳
把星空烧成粗糙的河流
把土地烧得旋转
举起黄色的痉挛的手，向日葵
邀请一切火中取栗的人
不要再画基督的橄榄园
要画就画橄榄收获
画强暴的一团火
代替天上的老爷子
洗净生命
红头发的哥哥，喝完苦艾酒
你就开始点这把火吧
烧吧

1984年4月

亚洲铜

亚洲铜，亚洲铜
祖父死在这里，父亲死在这里，我也会死在这里
你是唯一的一块埋人的地方

亚洲铜，亚洲铜
爱怀疑和飞翔的是鸟，淹没一切的是海水
你的主人却是青草，住在自己细小的腰上
守住野花的手掌和秘密

亚洲铜，亚洲铜
看见了吗？那两只白鸽子，它是屈原遗落在沙滩上
的白鞋子
让我们——我们和河流一起，穿上它吧

亚洲铜，亚洲铜
击鼓之后，我们把在黑暗中跳舞的心脏叫作月亮
这月亮主要由你构成

1984 年 10 月

山楂树

今夜我不会遇见你
今夜我遇见了世上的一切
但不会遇见你

一棵夏季最后
火红的山楂树
像一辆高大女神的自行车
像一个女孩　畏惧群山
呆呆站在门口
她不会向我
跑来

我走过黄昏
像风吹向远处的平原
我将在暮色中抱住一棵孤独的树干
山楂树！一闪而过　啊！山楂

我要在你火红的乳房下坐到天亮
又小又美丽的山楂的乳房
在高大女神的自行车上
在农奴的手上
在夜晚就要熄灭

1986 年 6 月 8 日—10 日

请熄灭我的爱情

给青海湖，七月不远——

七月不远
性别的诞生不远
爱情不远——马鼻子下
湖泊含盐

因此青海湖不远
湖畔一捆捆蜂箱
使我显得凄凄迷人
青草开满鲜花

青海湖上
我的孤独如天堂的马匹
（因此，天堂的马匹不远）

我就是那个情种：诗中吟唱的野花
天堂的马肚子里唯一含毒的野花
（青海湖，请熄灭我的爱情！）

野花青梗不远，医箱内古老姓氏不远
（其他的浪子，治好了疾病
已回原籍，我这就想去见你们）

因此跋山涉水死亡不远
骨骼挂遍我身体
如同蓝色水上的树枝

啊！青海湖，暮色苍茫的水面
一切如在眼前

只有五月生命的鸟群早已飞去
只有饮我宝石的头一只鸟早已飞去
只剩下青海湖，这宝石的尸体
暮色苍茫的水面

1986 年

九月

目击众神死亡的草原上野花一片
远在远方的风比远方更远
我的琴声呜咽　泪水全无
我把这远方的远归还草原
一个叫马头　一个叫马尾
我的琴声呜咽　泪水全无

远方只有在死亡中凝聚野花一片
明月如镜　高悬草原　映照千年岁月
我的琴声呜咽　泪水全无
只身打马过草原

1986 年

十四行：王冠

我所热爱的少女
河流的少女
头发变成了树叶
两臂变成了树干

你既然不能做我的妻子
你一定要成为我的王冠
我将和人间的伟大诗人一同佩戴
用你美丽的叶子缠绕我的竖琴和箭袋

秋天的屋顶　时间的重量
秋天又苦又香
使石头开花　像一顶王冠

秋天的屋顶又苦又香
空中弥漫着一顶王冠
被劈开的月桂和扁桃和苦香

1987 年 8 月 19 日夜

祖国（或以梦为马）

我要做远方的忠诚的儿子
和物质的短暂情人
和所有以梦为马的诗人一样
我不得不和烈士和小丑走在同一道路上
万人都要将火熄灭　我一人独将此火高高举起
此火为大　开花落英于神圣的祖国
和所有以梦为马的诗人一样
我借此火得度一生的茫茫黑夜
此火为大　祖国的语言和乱石投筑的梁山城寨
以梦为上的敦煌——那七月也会寒冷的骨骼
如雪白的柴和坚硬的条条白雪　横放在众神之山
和所有以梦为马的诗人一样
我投入此火　这三者是囚禁我的灯盏　吐出光辉
万人都要从我刀口走过　去建筑祖国的语言
我甘愿一切从头开始
和所有以梦为马的诗人一样
我也愿将牢底坐穿

众神创造物中只有我最易朽　带着不可抗拒的死亡的速度
只有粮食是我珍爱　我将她紧紧抱住　抱住她　在故乡生儿
　　育女
和所有以梦为马的诗人一样
我也愿将自己埋葬在四周高高的山上　守望平静家园
面对大河我无限惭愧
我年华虚度　空有一身疲倦
和所有以梦为马的诗人一样
岁月易逝　一滴不剩　水滴中有一匹马儿一命归天
千年后如若我再生于祖国的河岸
千年后我再次拥有中国的稻田　和周天子的雪山
　　天马踢踏
和所有以梦为马的诗人一样
我选择永恒的事业
我的事业就是要成为太阳的一生
他从古至今——“日”——他无比辉煌无比光明
和所有以梦为马的诗人一样
最后我被黄昏的众神抬入不朽的太阳
太阳是我的名字
太阳是我的一生
太阳的山顶埋葬诗歌的尸体——千年王国和我

骑着五千年凤凰和名字叫“马”的龙——我必将失败

但诗歌本身以太阳必将胜利

1987 年

秋

秋天深了　神的家中鹰在集合
神的故乡鹰在言语
秋天深了　王在写诗
在这个世界上秋天深了
该得到的尚未得到
该丧失的早已丧失

1987 年

日记

姐姐，今夜我在德令哈，夜色笼罩
姐姐，我今夜只有戈壁

草原尽头我两手空空
悲痛时握不住一颗泪滴
姐姐，今夜我在德令哈
这是雨水中一座荒凉的城

除了那些路过的和居住的
德令哈……今夜
这是唯一的，最后的，抒情。
这是唯一的，最后的，草原。

我把石头还给石头
让胜利的胜利
今夜青稞只属于她自己
一切都在生长

今夜我只有美丽的戈壁　空空

姐姐，今夜我不关心人类，我只想你

1988 年 7 月 25 日

最后一夜和第一日的献诗

今夜你的黑头发
是岩石上寂寞的黑夜
牧羊人用雪白的羊群
填满飞机场周围的黑暗

黑夜比我更早睡去
黑夜是神的伤口
你是我的伤口
羊群和花朵也是岩石的伤口
雪山　用大雪填满飞机场周围的黑暗
雪山女神吃的是野兽穿的是鲜花
今夜　九十九座雪山高出天堂
使我彻夜难眠

1989 年 1 月 16 日草稿
1989 年 1 月 24 日改

春天，十个海子

春天，十个海子全都复活
在光明的景色中
嘲笑这一个野蛮而悲伤的海子
你这么长久地沉睡究竟为了什么

春天，十个海子低低地怒吼
围着你和我跳舞、唱歌
扯乱你的黑头发，骑上你飞奔而去，尘土飞扬
你被劈开的疼痛在大地弥漫

在春天，野蛮而悲伤的海子
就剩下这一个，最后一个
这是一个黑夜的儿子，沉浸于冬天，倾心死亡
不能自拔，热爱着空虚而寒冷的乡村

那里的谷物高高堆起，遮住了窗户
它们一半用于一家六口人的嘴，吃和胃

一半用于农业， 他们自己繁殖
大风从东刮到西， 从北刮到南， 无视黑夜和黎明
你所说的曙光究竟是什么意思

1989 年 3 月 14 日凌晨 3 点—4 点